名著新译书系

WORLD CLASSIC
MASTERPIECES SERIES

草叶集

[美] 惠特曼/著　方华文/译

时代文艺出版社

图书在版编目（CIP）数据

草叶集 /（美）惠特曼 著；方华文 译．—长春：时代文艺出版社，2015.3（2018.1重印）

ISBN 978-7-5387-4720-1

Ⅰ．①草… Ⅱ．①惠… ②方… Ⅲ．①诗集－美国－近代 Ⅳ．①I712.24

中国版本图书馆CIP数据核字（2014）第292151号

出 品 人 陈 琛
产品总监 郭力家
选题策划 方 伟
责任编辑 付 娜
助理编辑 刘 婷
装帧设计 孙 利
排版制作 李玉龙

草叶集

[美] 惠特曼 著　方华文 译

出版发行 / 时代文艺出版社
地址 / 长春市泰来街1825号 时代文艺出版社 邮编 / 130011
总编办 / 0431-86012927 发行部 / 0431-86012957 北京开发部 / 010-63108163
官方微博 / weibo.com / tlapress 天猫旗舰店 / sdwycbsgf.tmall.com
印刷 / 三河市京兰印务有限公司
开本 / 710mm × 1000mm 1 / 16 字数 / 168千字 印张 / 18
版次 / 2015年3月第1版 印次 / 2018年1月第2次印刷 定价 / 48.00元

目　录

献　词

亚当的子孙

青草幽幽

候 鸟

大海漂流记

路畔歌

战鼓篇

纪念林肯总统

离别之歌

献　词

献给自身的歌

我，一个普通人，为自己放喉高歌，
却把“民主”和“人类”填入我的歌。

要歌就从头到脚地歌，
光是外相和内心还不够，
整体的风貌最值得一歌，
男男女女都听我献歌。

生活充满澎湃的激情、跳跃的活力和欢乐，
法律神圣，万民自由生活，
我献一首现代人之歌。

沉思默想

我沉思默想，
默想我的诗卷，思绪在心里徜徉，
一个幽灵浮现在眼前，一副狐疑的模样——
一个相貌堂堂的老者，浑身散发出力量，
他就是古代诗人的守护神，
把火焰般的眼睛盯在我身上，
手指万古流芳的诗卷，
厉声问道：瞧你在把什么歌唱？
千秋万代的诗人只有一个主题，难道你没放在心上？
唯一的主题就是战争、战场，
还有英勇善战的士兵的成长！

我回答：我何尝不是这样！
傲慢的幽灵啊，我也要把战争歌唱，
比任何战争都要伟大，都要漫长，
我诗卷里的战争风云变幻——
进攻、撤退，胜败难推想，

（其实我胸有成竹，胜算最终在我一方）

大千世界即战场，

这是灵与肉的搏斗，决定存或亡。

瞧，我也冲锋陷阵，唱起战歌，

激励士兵们于战场。

乘船航行在大海上

乘船航行在大海上，
只见万顷碧波荡漾在四面八方，
风儿呼啸，海水歌唱，
朵朵大浪翻腾在海洋；
一叶孤舟漂浮在汹涌的海上，
它信心百倍、喜气洋洋，白色的船帆高扬，
日间劈波斩浪，
夜晚在繁星下远航；
水手们，或年轻或年长，
诵读我写的诗行，回想着陆地上的时光，
气氛和谐、安详。

思绪飘啊飘，航海人在遐想；
这儿不是陆地，不是坚实的陆地——
他们也许会这样想；
头顶是苍穹，脚下甲板在摇晃，
一颠一簸，潮落潮涨，
神秘的曲子、流水一样的音符在耳旁回荡，

令人联想到朦胧、辽阔的海洋；
海水的腥味在飘，索具在咯吱咯吱地响，
响动里含着忧伤；
无边无际的遐想，朦胧而遥远海天交汇的地方——
尽情把海洋歌唱。

我的诗行啊，快去实现你的愿望——
你不仅把陆地回想，
也像一叶孤舟劈波斩浪，
不知驶向何方，却信心满胸膛。
快去吧，伴其他的船远航！
去吧，把我的爱带给他们
（亲爱的水手们，我的爱就寄寓在每一诗行！）

前进吧，我的诗行！
扬起你的白帆，我的小舟，劈开那惊涛骇浪！
歌唱吧，远航吧，愿你们越过无边的水浪，
将我的诗歌带向每一片海洋，
把水手以及所有的船歌唱。

幽 影

我遇到一位先知，
他已将五彩缤纷、千姿百态的世界游历，
涉猎艺术，研究学问，享受欢乐，苦苦推理，
一心要把幽影搜集。

他说了如下话语：
不要再把惑人眼目的日日月月写入诗集，
不要写细枝末节和琐碎的信息，
要写就先写智慧之光、导引的真理——
要将幽影写在诗行里。

它曾经是朦胧的开端，
一步步成长，绕了一个圆圈，
抵达巅峰，最后隐踪（再次开始旅程），
——幽影啊，幽影！

它变化着形体，
像多变的材料——分离、聚集，

出现在画室里，现身于工厂里
——幽影忙碌不息。

啊，无论我还是你，
或男或女，熟悉或不熟悉，
似乎专注于财富、力量和美丽，
其实在把幽影寻觅。

一切征象都转瞬即逝——
艺术家的灵感、学者的十年面壁，
抑或武士的征战、烈士的捐躯以及英雄的业绩，
统统消失在幽影里。

这与每个人的生活都有关系——
工作学习、思考问题、感情和业绩，事无巨细，
大大小小，全都汇集在一起，
融于幽影里。

幽影啊幽影，古老的幽影，
你曾抵达古代的巅峰，而今受到现代科学的推动，
又一次向更高处攀登——
幽影啊幽影，古老的幽影！

如今的此时此地，
美利坚一片忙碌的气息，如置身于叫人眼花缭乱的漩涡里，
人群聚合分离——

只有此处可见今日幽影的踪迹。

繁荣景象与古老的过去——
睹大洋彼岸国存国亡、王朝盛衰不息，
古代的征伐、战役、水手的航迹，
全都凝聚在幽影里。

事物有阴晴圆缺——
层层山峦、土壤、岩石以及参天大树有生有亡，
而幽影万古长存，
永远也不消亡。

多么令人高兴、兴奋、欣喜若狂，
眼见得母腹里孕育着希望，
伟大的地球幽影，
在一点点塑形、成长。

所有的空间、所有的时间——
无论是群星还是躁动不安的太阳，
任它们膨胀、衰落，生命或短或长，
都闪动着幽影的影像。

万物无声无息，
汇集百川的海洋无边无际，
一景一物都是独体，数不清，眼看不及，
幽影啊，你是多么真实！

你不仅仅是现实世界，不仅仅是现实的宇宙，
你就是人生的含义和目的，
代表着生命的永恒——
幽影啊，这就是你！

你的博学超越了满腹经纶的教授传授的知识，
超越了望远镜或分光镜提供的信息，
超越了医生的医理和化学家对化学的分析——
幽影啊，你真实、不虚。

你有时缥缈有时清晰，
过去、现在以至永远，
你都推动着现实向无尽的未来飞去——
幽影啊幽影，这就是你！

先知和诗人将一如既往，
只是情绪更加高昂，
幽影啊，要把你和上帝宣讲，
让“现代”和“民主”知道你们的荣光。

你就是我的灵魂和欢乐，
是我永无止境的追求和荣光——
愿望将最终实现，
幽影啊，朋友们将欢聚一堂。

你的灵魂——

隐身于肉体里的灵魂，必将永恒；
永恒是你的肉体存在的唯一目的，
而我自己却如幽影，一个飘忽的影像。

你的歌之趣不在歌中，
本身没有什么特殊之处可取，
可它是“全体”发出的声音——浑圆、饱满，
一飞冲天，绕梁不去。

穿越美利坚的旅行

我们开始了穿越美利坚的旅行，
（啊，从这里一路高歌，我们将走遍全世界，
到每一个国家，到每一片海洋旅行，）
怀着诚挚的感情，我们学习，传播真理和爱情。

纵观季节交替、云舒云卷，
不由得发一声长叹：
人世间的饮食男女，
为何不能像季节那般有益于人间？

我们流连于每一座城、每一个镇，
足迹经过加拿大的东北部，从密西西比大河谷穿行，
又在美利坚南方各州继续行程；
沿途跟各州居民交谈，
邀请男男女女来听我们宣传自己的观点——
内心在自勉：冷静、披肝沥胆，

把灵与肉宣传；
一定要雄辩、委婉、纯真、富于感染，
宣讲后再把路赶；
对于真理的宣传会像季节般有益于人间，
结出的果实丰饶灿烂。

泰然不动

我泰然不动，昂然立于天地间，
哪管谁主沉浮、攘扰纷乱，
我自岿然；
人人处世淡然，安贫若富、少语寡言，
我顿觉自身寒酸、乖诞、满身缺点、劣迹斑斑，
全不如以前所想的那样可圈可点；
放眼看墨西哥海湾、曼纳哈塔或田纳西那边，
或者把遥远的北方及内陆看一眼，
只想做一个河上的舟子、林中的逍遥汉，或做农夫，
耕耘于美利坚，或者耕耘于海岸边、湖畔抑或加拿大的田间；
无论在何处生活，我都心境泰然，
平静面对各种事件——
面对夜晚、暴风雨、饥饿、嘲笑、灾难和挫折，
像大树和动物那般安然。

我听见美利坚在歌唱

我听见美利坚在歌唱，各种欢歌在耳旁回响——
技工人人放歌，歌声欢快而昂扬；
木匠一边打绳墨一边歌唱；
泥瓦匠在上班或下班的路上，
也会把歌儿唱；
船夫唱的是船夫之歌，
甲板上的水手则将水手的生活歌唱；
鞋匠唱的是鞋匠歌，
帽子商也在把自己的歌唱；
伐木工和耕夫歌声悠扬，
他们在早晨出工的路上，在午间休息或日落西山时放声歌唱；
母亲在唱，少妇边干活边唱，还有那缝纫浆洗的姑娘——
她们那悦耳的歌声在飘荡；
人人唱歌，歌与歌都不一样——
日间唱的是日间的歌，夜晚年轻人欢聚一堂，
一个个热情友好、身体健壮，
他们放开嗓门唱出的歌响亮且悠扬。

未来的诗人

你们就是未来的诗人！是未来的演说家、歌手和音乐家！
今日不求你们为我申辩，把我赞夸；
可你们毕竟是土生土长美洲大陆的新一代，
生机勃勃，无比强大；
振奋起来吧！你们必须为我作答！

我缺乏远见卓识，关于未来只写了片言只语，
刚前进一步就又退回到黑暗里。

我虽不断耕耘，但却犹犹豫豫，
展望一眼未来，立刻将目光转移——
一切都交给你们，交给你们去印证和释义，
指望着你们创建宏大业绩。

自己之歌

一

我唱一首赞歌献给自己，
我说自己其实也指你，
因为所有的一切属于我也属于你。

我徜徉在大地，和我的灵魂一体，
悠悠然俯身吮吸夏日草叶的气息。

我的每一滴血液和躯体，
都来自于这片土地和空气，
这儿是我的出生地，
我的祖祖辈辈在此处繁衍生息。
我今年三十七，有一副健康的身体，
只愿安然无恙，至死方息。

不受约束于清规戒律，

逍遥之身仅止于旁观那些清规戒律，
但绝不是忘记；
我畅所欲言，不管是否有益，
天性无拘无束，保持原始的活力。

二

屋内各处芳香四溢，
书架上也香味扑鼻；
我呼吸那芳香，喜欢它，它是那么熟悉，
那馥郁的香气令人陶醉，但我不能纵容自己。

空气中没有香气，没有馥郁的气息，
它是无味之气——
我平时呼吸的正是这无味之气，它是我喜爱之气。
我常去树林边的河岸旁，
脱去伪装，恢复原样，
沐浴在空气里，欣喜若狂。

我呼吸着空气，
耳听大地的回声以及蜜蜂的低语，
眼观爱根草、蚕丝草、树杈、藤蔓以及河水的涟漪；
一呼一吸，心脏在跳动，
肺里流淌着血液和空气，
鼻子里嗅到的是绿叶、枯叶、海岸、岸边黑乎乎的岩石散发出的气息，
还有那谷仓里干草的香气，

我从心里涌出的话语消失在风儿的漩涡里。

轻轻地亲吻啊，张开双臂拥抱，
树上光与影交错，柔枝飘摇，
无论是在熙攘的街道，抑或田间及山腰，
都可以把欢乐感受到，
感受到健康，感受到正中午的喧闹，
起床时唱一首歌向太阳问好。

你是否觉得千亩良田是巨大财产，
是否觉得地球广阔无边？
是否觉得十年寒窗，懂得了读书的内涵？
是否觉得因了解了诗中的诗情画意而值得夸赞？

不妨和我一道感受在今日今晚，
你将洞悉诗歌的起源，
了解大地和太阳为何如此灿烂，
（这样的太阳有千百万，）
你将不再间接地了解事物，
不再借助亡者之眼，
不再依赖书中的幽灵获取灵感，
观察事物也不会通过我的眼，
不是接受我的观点，
而是耳听八方，自己分析，自己决断。

三

耳旁听见他们在闲聊，
聊的是开始和终了，
而我一不谈开始二不谈终了。

从无什么开始，只有当前，
也不分青年和老年，只有当前，
将来亦不会有什么完美的结局，只有当前，
没有什么地狱或天堂，只有当前。

前进，前进，前进，
这个世界有着追求繁荣的冲动，
势不两立的对手摆脱黑暗，讲求实际，追求繁荣，
其中有男女两性，
求同存异，
繁殖生命。

夸夸其谈无益处可言，学者和粗人都认为是这般；
最肯定的有一点：是铅锤就垂成直线，
一丝一毫都不偏，垂于梁木间；
应像骏马一样壮健，热情、豪迈、行事如雷鸣电闪——
做人的诀窍供君一览。

我的灵魂清洁而芬芳，
一景一物都纯净，散发出芳香，

如不纯净，就不会散发出芬芳，
看得见的纯净能印证看不见的芳香——
纯净化为芳香，印证时又需要对方。

区分什么优与劣，引得一代又一代人空悲伤，
探讨什么“完善至美”及“和谐安宁”——
他们在阔论高谈，而我一言不讲，
还不如去洗个澡，把自己欣赏。

要欣赏我的每一器官和特征，
也欣赏别的人——诚挚、干净，
一尘不染，纯纯净净，
无隔膜，只有沟通。

我心满意足——观景物、欢笑、跳舞和唱歌；
夜晚则拥抱爱侣，享受床笫的欢乐——
天破晓，我悄悄离开，蹑手蹑脚，
身后的房间里白毛巾堆积如山，
有几条遮住了筐篮。

假如我接受得迟，醒悟得晚，意识不到他们会吼叫，
那他们就不是冲着大路眺望，把我的踪影寻找，
而是立时算账，
一笔一笔，不差一分一角，
那时该如何是好？

四

路上不乏行人，问话人将我问来问去，
问我有什么朋友，早年的生活有什么风风雨雨，
住何地、何城，到哪一国游历；
谈话无所不及，谈最近的约会，谈发现、发明，
还有社交及新老作家的信息；
我谈了自己的衣食、交游、外表、钦羡和应有的权利，
谈自己喜欢的某男某女的淡漠是实还是虚；
谈家人和我患病，还谈不良行为，或者丢钱、缺钱的心理，
有悲伤也有欢喜；
战事频仍，兄弟阋于墙，小道消息让人心情难以平息，
事件一波未平一波又起。
这些日夜搅扰我，又离我而去，
截然与我分离，
我还是我自己，哪管风雨的来去——
愉快、得意、富于同情心、悠闲、独立，
低头看看，伸直肢体，弯弯胳膊——懒懒散散地休息；
扭头望去，心里好奇，不知以后有什么样的结局，
既是局内人，也在局外旁观——
疑团在内心翻起。

忆往昔，我和语言学家及竞争对手在迷雾中苦苦求索真理，
既不嘲笑也不争辩，而是旁观和等待结局。

五

灵魂啊，我相信你，
面对另一半[①]，我绝不会把你贬低，
你也不可向它卑躬屈膝。
来吧，和我一道漫步于草地，将音阀从喉头移去，
我既不想听话语、音乐和韵律，也不想听老生常谈和谆谆的教育，
甚至对天籁之音亦缺乏兴趣，
只想听催眠曲，听你那抑扬有致的声音吟唱一曲。

曾几何时，
你我曾在一个明亮的早晨躺在一起；
你先头枕我的臀，继而轻轻翻转身体，
趴在我的身躯，
自我的胸口解开衬衣，
把舌头向我裸露的胸口伸去，
伸手摸摸我的脚，摸摸我的胡须。

油然而生的是超越人世间一切主题的醒悟及静谧，
在我的四周扩展开去——
我知道，上帝代表着我的心意，
上帝的意旨即我之心曲，
天下之男皆兄弟，
世间之女非姐妹即情侣。

① “另一半”隐指“肉体”，代表的是外在的物质世界，与“灵魂”代表的精神世界相对应。

爱是上帝创造万物的根基——
原野里的小草无穷无尽，或弯腰或直立，
草叶下的蚁穴里有褐色的蚂蚁，
还有乱石堆、毛蕊花以及美洲商陆[①]，
栅栏弯弯曲曲，披着苔藓的绿衣。

六

一个孩子手里抓着绿草，问了我一个问题：
“这是什么东西？”
我无言以答，因为我跟他一样，
不知道那是什么东西。

莫非那是指引我的一面旗帜，
用充满希望的绿色植物编织而成的一面旗帜？

要不然就是上帝的手帕，散发着香气，
有意遗落在人间，作为礼物和记忆，
边缘上写着上帝的名字，让我们一看就知道——
它属于上帝？

或者，莫非这绿草本身也是孩子，
是植物界的后裔？

---

① 美洲商陆：植物，产于北美，其根和果有毒。

或者，莫非它是统一的象形文字，
通行于此地、彼地，这里和那里——
无论是黑人或白人，
扎纳克人、塔卡霍人，抑或议员和穷苦人都使用这种文字，
我和他们用这种文字交流信息？

此时此刻我又觉得这绿草就像坟茔的秀发，蓬乱却美丽。

弯弯的小草啊，我对你有着柔柔的情意——
你也许发芽于年轻人的胸膛里，
如果我曾认识他们，一定会向他们表达爱意；
也许你来自老年人，
或者来自过早从母亲膝头消失的孩子，
而在此处你把母爱传递。

这小草幽绿幽绿，不可能来自白发苍苍的老妪，
也不可能源自老叟那没有了颜色的胡须，
它幽绿幽绿，只能来自粉红颜色的嘴里。

啊，我见过万万千千的舌头吐露话语，
一词一句都吐自那粉红颜色的嘴里，
有着种种联系。

但愿我能把这些迹象翻译，
了解那已故的男男女女，
了解老叟和老妪，

以及早夭的后裔。

你可知道那些老老少少有着什么样的结局？
你可知道那些妇孺有着什么样的结局？

他们仍健在，生活在某地——
嫩嫩的枝芽冒出尖儿，说明没有死亡的存身之地，
即便有死亡，生命亦生生不息，
死亡并非最后的结局，
生命一旦出现，死亡便销声匿迹。

生活滚滚向前，永不停息，
死亡并非像人们想象的那么可怕，
其实比人们想象的要吉利。

七

你是否认为生即吉利？
我忙不迭要告诉你：死亦吉利，
对此我有着亲身经历。

我与生命垂危者经历了死亡，与新生儿经历了生的洗礼，
既经天又掠地，
目睹天下万千景象，看世间缤纷绚丽，
大地吐翠，朗星高悬天际，
一草一木都美丽无比。

我非草木，亦非大地，
而是人类的一员，一个伴侣，
却同样不朽，生命深不见底，
（他们并不知道怎样不朽，而我清楚谜底。）

同类相亲相怜，
我之所亲所怜是人类的女女男男，
是那些坠入爱河的少年，
亦是那些自尊心强的儿男——损了颜面便痛苦不堪的儿男。

我之所亲所怜是甜蜜的心肝，
是仍滞留闺中的剩女，
亦是母亲及母亲之母亲；
是含笑的嘴唇及汪汪的泪眼，
是儿童及养育了他们的女女男男。

揭开幕帘，露出真颜！
你们无过错可言，不陈腐，亦无遭弃之憾，
即便隔着幕帘，不管是绒面呢的抑或条纹棉布的幕帘，
我都能清楚地分辨——
我就在你们的跟前，
执着、好奇，不知疲倦，谁也无法将我驱赶。

八

小家伙熟睡在摇篮，

我揭开纱帐久久观看，
静悄悄用手将苍蝇驱赶。

小伙子和红脸蛋的女孩绕个弯，
攀上灌木丛生的山峦，
我瞥一眼，目光从山顶落下来把他们遥观。

寻短见的人横尸于寝室血淋淋的地板，
只见死者的头发被血沾染，
我发现手枪就掉落在不远。

耳边传来人行道上的闲言，
还有辘辘的马车声、靴子底的咯吱声以及散步人的交谈；
公共马车沉甸甸，
车夫问话时竖起拇指，马蹄嘚嘚踏在花岗岩路面；
雪橇铃声叮当，有人大声开玩笑，有人抛雪球玩；
看到自已喜欢的景色，有人喝彩连天；
暴徒发怒，吼叫声响在耳畔；
马车上的布帘摆动发响，里面躺着个病人被送往医院；
路上有仇人相见，恶语相交，拳脚相向，有人倒在路边，
周围一圈激昂的人群，佩戴星章的警察快步向前，
挤入人群的中间；
许许多多的声音来来去去，回荡在冷漠的石头路面——
有吃得太多的人或半饥半饱的人因中暑或疾病发作倒在路边，
呻吟声不断，
有女人急着回家分娩，疼得一声声叫喊。

这儿响彻活跃的语言，也有消亡的语言，
还有受到传统习俗约束的叫喊；
这儿有逮捕罪犯的场面，有人蔑视人的场面，
也有男女调情的场面，或接受，或撅撅嘴唇将对方拒绝于一边；
这一幕幕情景以及过后的余波余澜我都看在了眼里边——
一个过客，来了，又一去不返。

九

乡村谷仓的大门敞开，已准备停当，
丰收季节的干草装上了行路悠悠的大车，
明亮的阳光洒在车上，汇成深灰色和绿色的光，
抱一束干草放在凹陷的草堆上。

我跑来帮忙，在草堆上伸伸四肢，躺一躺，
感觉到草堆微微摇晃，将一条腿搭在另一条之上，
纵身跳下大车辕架，抓起一捆苜蓿和猫尾草在手上，
打一个滚，让草屑沾在头发上。

十

我独自一人狩猎于荒山野林中，
游游荡荡，对自己轻松、欢快的心态感到吃惊，
黄昏找一处安全的地方过夜，
燃起火，把刚打来的野味烤在火上，
在捡来的树叶上躺下进入梦乡，

我的狗和枪在身旁。

扬基快艇[①]高高撑起风帆，
将水面上的光和波纹冲散，
我眺望陆地，在船头把腰弯弯，
或者从甲板上兴奋地呼喊。

船夫和挖蛤蜊的人起得很早，
停下脚步把我邀，
我将裤腿塞进靴筒里，
去玩得欢天喜地；
那天你真该跟我们一起去，
围着杂烩火锅大家坐在一起。

在遥远西部的露天里，我见证了一个捕兽人的婚礼，
新娘是个红肤女；
她的父亲和亲友们盘腿坐在跟前，
抽着烟，默默不言，
脚蹬软皮平底鞋，肩披大块厚毡；
捕兽人安闲地坐在土坡上，皮革差不多把他全身遮了个严，
胡须浓密，卷发垂在脖颈间，
一只手把新娘的手牵；
新娘长睫毛，头上无遮无拦，
有着又粗又直的长发，

① 19世纪初期到中期美国特有的一种快船，船头突出，船身很长。

披散在丰腴的肢体上，
直落在她的脚边。

逃跑的奴隶来到我家，驻足于门外边，
我听见了他的响动，听见柴堆的细枝折断，
厨房的门半虚半掩，
透过门缝我发现他虚弱不堪，
于是走上前，邀请坐在木头上的他进屋里边，
好言让他把心放宽，
取来水倒进浴盆，让他洗掉身上的汗，
再洗一洗脚上擦伤的血斑，
分给他一个房间，一个必须经我的屋子才能进入的房间，
给他拿来几件干净的粗布衣裳让他换，
至今仍清楚记得他那转动的眼和局促不安的脸，
还记得把药膏涂在了他的脖子以及脚踝的伤口上面；
他在我家住了一个星期，身体复原，
然后向着北方把路赶，
我曾要他跟我同桌而餐，
墙角里倚着我的枪杆。

十一

二十八个小伙子在岸边洗澡，
二十八个小伙子全都非常友好；
一个女子在闺中熬过了二十八年时光，日子寂寞无聊。

她有一处豪宅，在高高的海岸上，
穿一身漂亮豪华的衣裳，
躲在窗口的百叶窗后偷望。

哪个小伙子她最喜欢？
哦，她竟觉得最其貌不扬的那个好看。

小姐，你要到哪里去？我能看得见你——
你心在戏水，人却一动不动待在房间里。

二十九个海浴者在岸上跳跃、欢笑，
小伙子们看不见她，而她看见了他们，爱火在燃烧。

水珠在小伙子的胡须上晶莹闪烁，
顺着长发滴落，
汇成一股股细流在他们的躯体上流过。

一只看不见的手把他们全身抚摸，
颤巍巍，从上朝下摸，摸了头，还要把腰摸。

小伙子们仰面浮在水上，白白的肚皮鼓起朝着太阳，
不问谁紧紧偎在他们身上，
不知道谁喘着气、弯着腰，守在他们身旁，
不去想他们把水泼在了谁的身上。

十二

屠夫的小伙计脱下屠宰服，
到市场的肉铺磨刀，
我流连不去，听他那连珠妙语，欣赏他的动作——
或从容不迫，或干净利落。

铁匠们胸口脏兮兮、毛烘烘，围着铁砧忙活，
你一锤我一锤，使出全身力气干活，
炉里燃烧着熊熊的火。

站在满是煤渣的门口，我观察着他们的动作——
他们柔韧的腰和粗壮的臂膀特别协调，
高高抡起大锤，极为缓慢，极有把握，
不慌不忙，每一锤都砸得准确无错。

十三

黑人紧紧抓住四匹马的缰绳，
拴在下面铁链上的木块微微晃动；
这个采石场的黑人车夫赶的是一辆长长的马车，
他一条腿压在绳索之上，高大、稳重；
蓝衬衫露出他粗壮的脖子和胸膛，
衣服的下摆在腰间宽宽松松；
他目光凝重、威严，
推一把帽子，推开遮在前额上的帽檐；

阳光洒在他卷曲的头发和胡子上，
也洒在他黑亮黑亮健美的四肢上边。

看到这位器宇轩昂的巨人，我不由得喜欢，
而且还不止这一点，
我还和他们同行相伴。

不管走到哪里，后退或前行，
对于生活的热情在我心里涌动，
偏僻的角落和少年我都不会轻易错过，
一人一景都要收入眼中，
为了自己欣赏，也为写诗赞颂。

牛拉车，辕架和铁链发出声响，或者牛车停在树荫下不动——
这些在你的眼里是怎样一幅情景？
对于我，这比我平生所读的书还要丰盛。

我举步远行，花全天的时间徜徉在途中，
脚步声惊飞了野鸭，有雌有雄——
它们腾空而起，慢悠悠盘旋在空中。

我坚信那些鸟禽目标分明，
觉得红黄白的颜色在心里翻动，
还认为绿色、紫色和簇绒冠意义深重，
绝不说乌龟没有价值，
仅因为它不是别的物种；

林中的松鸦没有学过音律，
但我觉得它的鸣叫十分动听，
栗色母马瞥我一眼，羞得我从愚昧中惊醒。

十四

雄鹅率领野鹅群飞过寒冷的夜空，
它嘎嘎叫一声，像是对我发出邀请，
粗心的人也许觉得毫无意义，我却仔细倾听，
发现那叫声有内涵，高高飘荡在冬季的夜空。

北方的驼鹿四蹄如飞，猫咪卧在门槛上，
还有那山雀和草原犬鼠，
母猪哼哼叫，怀中小猪吃奶忙，
雏火鸡围在母火鸡身旁，
而母火鸡把翅膀半张——
我看到同样的古老法则体现在它们和我自己身上。

脚踩大地，我心里涌出无限温情，
那温情，即便用最美的语言也叙说不清。

户外的生活让我迷恋其中，
羡慕和牛群一道生活的人，羡慕与大海或森林做伴的人，
羡慕造船工、舵手以及挥斧抡锤的人，
也羡慕赶马人——
我可以和他们同吃同住，一星期又一星期跟随他们。

我的生活极普通、极低廉、极容易、极简单，
寻找机会把愿望实现，为了丰硕的回报而流汗，
充实自己，一遇到召唤便舍身向前，
不求上天俯就我良好的心愿，
而是将心愿自由自在地传播——永远永远。

十五

声音纯正的女低音在琴房歌唱；
木匠在刨木板，刨子的铁舌刺刺啦啦响，
一声比一声高扬；
感恩节子女们纷纷归家合宴，
有的已婚，有的尚未踏入婚姻的殿堂；
舵手紧握舵盘，
用强壮的臂膀把舵盘扭转，
好一艘捕鲸船，大副精神抖擞，
长矛、鱼叉已准备在手边；
猎鸭人悄然无声、谨小慎微，一步步摸上前；
教堂执事在接受圣职，双手合十站在圣坛；
纺纱女胳膊一伸一展，
纺纱车嗡嗡响成一片；
农夫周日到麦田察看，
漫步来到栅栏边；
疯子的病情最终确诊，被送进了疯人院，
（他再也不能睡在妈妈房间里的那张小床上边；）
排字工头发灰白，下巴尖尖，

忙着整理他的活字盘，
嘴里嚼着烟叶，
看稿样都看花了眼；
畸形的肢体被绑在手术台上边，
截下的残肢扑通丢进了桶里边；
拍卖场上，一个混血女孩被出售，
酒馆的火炉旁有个酒鬼在打盹，头一点一点；
机械工挽袖大干，
警察沿街巡逻，
看门人把进出的人仔细查看；
赶邮车的是个少年，
（我跟他素不相识，但我还是喜欢；）
混血儿系紧跑鞋的鞋带，一心要称雄于赛场上；
"西部火鸡射击比赛"吸引了老老少少一大群人，
有的倚枪而立，有的坐在圆木上，
人群里走出射击手，站好位置，
举起了枪；
新来的移民抵达码头或大堤，那儿熙熙攘攘；
甜菜地里有一些卷头发的工人在耕耘，
监工骑着马将他们盯紧；
舞厅里一声长号响，男士们跑向舞伴身旁，
舞伴们相互鞠躬，面向着对方；
小伙子躺在松木顶的阁楼上，
倾听那悦耳的落雨声响；
沃尔弗林人将捕兽的陷阱布在潺潺流向休伦湖的溪水旁；
印第安女子在兜售鹿皮鞋和珍珠袋，

穿一身裹着黄边的衣裳；
展览大厅里，专家半闭着眼，微弯下腰，
在把展览品鉴赏；
水手将蒸汽船拴牢，
为下船的乘客把踏板搭在岸上；
妹妹将一束线撑开，姐姐把它绕成团，
然后左一下右一下将一个个疙瘩解开；
新婚一年的妻子在恢复体力，喜悦盈怀，
因为一周前她生下了头胎；
工厂里、车间里、缝纫机旁，
都有头发干干净净的姑娘在忙；
筑路工倚在双柄夯土机上，
记者笔走龙蛇记录忙，
画工把蓝色和金色的字写在招牌上；
运河少年在拉纤，会计员在柜台算账，
鞋匠把蜡打在缝鞋的线上；
指挥为乐队打拍子，
乐手们听指挥把乐器奏响；
初生儿在接受洗礼，
皈依基督教的人在把自己最初的感受宣讲；
帆船比赛一开始，参赛的船只布满海港，
（船帆洁白，闪着亮光！）
赶牲口的人紧盯着牲口，
见有牲口离群，便吆喝一声；
货郎肩背货郎筐，禁不住热汗流淌，
（买货人讨价还价，分毫必争；）

新娘展一展白色婚服，时针在慢慢移动；
鸦片鬼身子斜躺，梗着脖子，嘴巴微张；
卖春妇披着围巾，喝酒喝歪了脖颈，
头上的帽子在长满了粉刺的脖子上一晃一晃，
她满嘴脏话，引得围观人哄堂大笑，
男人们挤眉弄眼，对她不恭不敬，
（可耻！我可不会嘲笑别人，不会对人不恭不敬；）
总统在召开内阁会议，
周围坐着各个部长；
三个女子友好地相互挽着胳膊，
气度雍容地行走在广场上；
渔夫们在船上干活忙，
将比目鱼一层层摆放在船舱；
密苏里州人游荡在平原上，
带着家当，驱赶着牛羊；
列车上，收票员穿过车厢，
边走边把袋里的零钱晃得叮当响，
以吸引人的目光；
地板工在铺地板，金属工在把锡板架在房顶上，
泥瓦匠大声让人上泥浆，
小工肩扛泥浆桶，排成单行上泥浆；
光阴似箭，转眼已到国庆节，万人空巷，
（庆祝的大炮和长枪一起鸣响！）
光阴似箭，人们犁地的犁地，除草的除草，
田里种下了冬季的苗秧；
冰封湖水，捕捉梭鱼的人凿一个冰窟窿，

静静地守在旁；
空地上密密麻麻到处是残留的树桩，
开地人挥动利斧劈开一个个树桩；
暮色降临，船夫们把船泊在杨树或山核桃树旁；
捕捉浣熊的猎人把足迹留在了红河流域，
留在了田纳西或阿肯色的那些河水干涸的地方；
夜幕降临在查塔努加和阿尔塔马哈，
火炬在黑暗中闪光；
全家人共进晚餐，儿孙在两旁，
一家之主在中央；
猎户和捕兽人辛苦了一天，
此时在土坯房、帆布帐篷里进入了梦乡，
城市在睡，乡村在睡，
不管是阴间还是阳世，所有的人都进入了梦乡，
年老和年轻的丈夫都睡在自己妻子的身旁；
一情一景都进入了我的心房，
而我向它们敞开胸膛；
我跟它们融为一体，
歌颂它们就是把我自己歌唱。

十六

我是一个综合体，既年老又年轻，既愚蠢又聪明；
对别人漠不关心，又把别人放在心中；
既是父亲也是母亲，既是大人又是孩童；
身上的元素既粗糙又玲珑；

身为多民族国家的一员，分量极重又极轻；
是南方人又是北方人——一个庄稼人，居住在奥克尼河畔，
看破了红尘，却又友好热情；
一个善于经商的美国佬，
又肢体硬朗、灵活，适合于旅行；
是路易斯安那人或佐治亚人，
又是肯塔基人，裹着鹿皮绑腿，行走于艾尔科宏山谷中；
是渔夫，航行于湖泊、海湾或海洋岸边，
又是印第安土人，猎鹿，捕獾；
脚蹬加拿大雪鞋待在家中，
或者在丛林里活动，
要么就跟纽芬兰岛的渔民缔结友情；
跟上一队破冰船，出海去远行；
放牧于德克萨斯的牧场，
攀登佛蒙特的山峰，深入缅因的密林中；
是加利福尼亚人的朋友，和自由奔放的西北人有交情，
（我喜欢他们剽悍的性情，）
又是撑筏人和运煤工的朋友，大家握手言欢、饮酒谈情；
是不耻下问的学生，又能为人师，教出最有思想的学生；
是一个刚入门的新手，却又是久经风霜的行家，懂得行情；
我有各种肤色，属于不同的等级，
属于不同的宗教和阶层，
是农夫、艺术家、绅士、水手和技工，
又是贵格会教徒、囚犯、花花公子和莽汉，
或者是律师、牧师和医生。

我反对一切不合常理的事情，
安于自己的生活，也给别人留下空间，
不自负傲慢，坚守在自己的地盘。

（飞蛾和鱼卵有自己的地盘，
明亮的太阳和那些肉眼看不见的恒星也有自己的地盘，
不管是看到看不到的东西都有自己的地盘。）

十七

这实际上是所有人的想法，不分时代，不分国度，
而非我的独创，
假如这仅是我的胡思乱想，并非诸位的思想，
那就是无价值的思想，或者跟无价值一样。

假如其中没有悬疑和答惑解疑，
那就是空洞的思想；
假如它不涉及近又不涉及远，
它就是缺乏意义的思想。

它犹如青草，
有水土之处便是它生长之地，
又像无处不在的空气，弥漫了整个大地。

十八

我吹号击鼓，奏响雄壮的乐曲，
我奏乐不仅是迎接凯旋人，
也是奏给战败者和阵亡人。

胜利固然光荣，
我得说失败也同样光荣，
不管胜与败都诠释了战斗的精神。

我击鼓，为的是阵亡人，
我奏乐，为的是阵亡人，
乐声响亮，激动人心。

万岁，战败的人！
万岁，战舰沉没在海底的人！
万岁，与战舰一起消失在大海里的人！
万岁，战败的将军和所有失利的英雄的人们！
无数不知名的英雄与那些赫赫有名的英雄一样，
英气长存！

十九

饭食分配得很均匀，以酒浆肉食欢迎饥渴的人们，
不分邪恶还是善良，我都敞开了大门，
不慢待任何一个人，不驱赶任何一个人；

妓女、骗子、小偷都可上门，
受邀请的还有厚嘴唇的奴隶和患性病的人，
所有的人不分彼此，不加区分。
握一握害羞的手，把那飘来的发香闻一闻，
一阵寒暄，一阵亲吻，
我的脸上映出感情的深沉，
这是内心情感的涌动，反映给来宾。

你说我是否有丰富的内心？
当然有，四月的阵雨和岩石旁的云母，
都有丰富的内心。

你是否觉得我让人耳目一新？
晨曦难道不让人耳目一新？
林中早起的红尾鸲放喉歌唱难道不让人耳目一新？
与之相比，我并无创新。

这是我在向你交心，
这些话我并不是要说给所有的人，
而只想说给你一人。

二十

那是谁在走动？
充满了渴望，粗犷、神秘，赤身裸体？
吃几口牛肉，为什么就能够产生气力？

人，到底是什么东西？
你和我到底是什么东西？

仁者见仁，我有我的看法，你有你的考虑，
听我一人之言，是让时光白白流去。

我可不愿空叹息，像一些人那样啜泣，
哀叹岁月空虚，人间尽是浊水污泥。

啜泣和悲哀是迷魂剂，
只适合于病残之躯，
而墨守成规最不可取，
我戴不戴帽子，全凭我自己，
不管是户外还是户里。

我为什么祈祷？为什么虔诚，讲究礼仪？

追根寻源，分毫不差地进行分析，
向博士讨教，取得精确数据，
我发现最美好的是自己的血肉之躯。

我看到其他人犹如看到自己，
大家彼此不差毫厘，
我说他们的好与坏，就是说我自己。

我体格强壮，有健康的身体，

只觉得宇宙间万物奔流不息，
全都呈现在我眼前，我必须弄清其中的含义。

我觉得自己是不朽之躯，
觉得人生轨道不能像木匠的圆规画的那样规矩，
觉得自己不会像小孩夜间点燃的蜡烛光那般，
晃一晃就会逝去。

我有尊严，
不为表白自己或赢得敬意而耗费心机，
真理就是真理，无须释义，
（恐怕我跟盖房子用的水平仪一样不偏不低。）

我活的是我自己，这就足矣，
天下无人关心，我不在意，
所有人瞩目，我也不在意。

天下最关心的、最瞩目的，
恐怕是我自己；
今天意识到这一点，
或者等上一千一万年才明晰，
我都会高高兴兴地接受，
要等待也同样欢欢喜喜。

坚实的大理石是我的立脚地，
你所谓的“消亡”让我发笑——

我知道时间是多么充裕。

二十一

我吟诗歌颂肉体，也把灵魂颂赞，
品尝天堂的欢乐，也体验地狱的苦难，
至于欢乐我愿不断增添，
而将苦难换成另一种容颜。

我吟诗歌颂女也歌颂男，
无论女还是男都值得颂赞，
而最伟大的是母亲——是她生下了儿男。

我歌颂“膨胀”或“傲慢”，
告别“萎缩”和“自谦”，
挺起胸膛去发展。

你是否已遥遥领先？是否已掌握总统大权？
没关系，早晚会遥遥领先，而且继续向前。

夜光柔和，渐渐变浓，一路把我陪伴，
我向夜幕半遮半掩的大地和海洋大声呼喊。
令人神往的夜啊，滋养万物的夜啊，
请把你裸露的胸脯贴紧！
这一片夜，南风徐徐，群星灿烂！
夜在打盹；夜赤条条的在狂欢！

妖娆、凉爽的大地啊，展开你的笑颜！
看大地，万木汁液充盈，睡得香甜！
看大地，太阳落山，山巅笼罩着雾岚！
看大地，月光晶莹，淡蓝淡蓝！
看大地，河水涨潮，波光粼粼，留下了暗暗的光斑！
看大地，灰色的云团变得明亮、清晰，入我的眼！
看大地，远处山连着山，苹果花开满了园！
你的爱人来了，请展开你的笑颜！

亲爱的，你给了我爱，我也要让爱满人间！
这爱，充满了炽热的感情，无言胜有言！

二十二

大海呀！一切靠你指引方向；
站在海滩上看见你勾勾手向我发出邀请，
我猜出了你的心肠——
没有我陪伴，你绝不会返回故乡，
你我必须一道把时光分享，
让我脱掉身上的衣裳，将我送到陆地看不见的地方，
让海浪做我的床，轻轻将我摇晃，
热情的海洋啊，就把海浪泼在我身上，
我一定把你的恩情报偿。

海洋里有着无边无际的海浪，
一起一伏，一呼一吸，多么宽广，

那海水孕育了生命，也是现成的坟场，
狂风呼啸、兴风作浪的海洋，
任性而又美丽的海洋，
我跟你密不可分，在这儿以及别的地方。
你我共命运，一起仇恨，一起赞扬，
要赞扬就把相爱的人儿来赞扬。

我见证了什么是柔肠，
（要列举就列举正反两样，不遗忘任何一方。）

我写诗并非仅把“善”颂扬，
写写“恶”也不妨。

“善”和“恶”怎么能同入诗章？
“恶”要写，也写改邪归正的诗章，
保持中立的立场——
既不挑剔又不否决就是我的立场，
我要追根寻源，写事情的真相。

你是否为孕期过长而患淋巴结核症而忧伤？
天体运行的规律受到质疑，要重新考虑——
你是否这样想？

每一样事物都有两面，需要加以平衡，
有些原则可以更动，有些则必须稳定，
现在的思想和成就是起点，助我们远行。

人类跨越了千百年才抵达这一刻，
眼下的处境是最好的处境；
过去品行端正，现在也品行端正，
并不让人吃惊，
让人吃惊的是竟能容忍小人或不信上帝的人横行。

二十三

历代的词汇千千万万，展现在眼前！
我的词汇只有一个——“人类”，它是现代的字眼。

它象征着信仰，催人向前，
我全心全意接受“时间”，
现在，乃至永远。

唯有它无瑕疵无缺点，彻底和完全，
它奇妙、神秘，使得一切都圆满。

我接受“现实”，它不容挑战，
唯物主义是我的观点，将前后贯穿。

我为实证科学欢呼，为精准的论证把万岁高喊！
取几根景天草，与杉木及丁香枝掺在一起做实验；
这个人编词典，这个人是化学家，而那个人是语法家，
研究的是古代的语言；
这些水手驾驶轮船穿越险象环生的未知海域探险，

这位是地质学家，这位是外科医生，
而那个人是数学家，把数学题演算。

先生们，光荣属于你们，永远永远！
你们的事业很有用，无可争辩，
但我要讲的不是这些，而是以此为引子，
进入我的事业圈。

我要讲的话较少涉及实体实验，
较多谈论的是人生、自由和如何摆脱羁绊；
我不喜谈娘娘腔的太监，
而要把那些血气方刚的男男女女谈一谈。
我宁愿擂响反抗的战鼓，
与那些酝酿造反的铤而走险的人站在一边。

二十四

沃尔特·惠特曼——宇宙之子，曼哈顿的儿男，
喜欢交谈，胖胖的身材，比较浪漫，
能吃能喝，也能繁衍，
不伤感、不傲慢，
不蔑视任何人，不将任何人拒之一边，
既谦虚也不谦虚，介于中间。

看你们敢拧下门锁！
看你们敢拆下门板！

对他人的不恭敬就是对我的冒犯，
你们的所言所行最终都会将我触犯。

所有这一切都会在我心里掀起波澜，
一浪一浪穿过我的心田。

我之所言是肺腑之言，
是为民主呐喊。
上帝啊！凡是不平等的现象我一律不接受，
只把平等颂赞。

我要为受到压抑的声音代言，
为一代又一代的囚犯、奴隶代言，
为病人和绝望的人代言，
为小偷和侏儒代言，
为预习生和操作工代言，
为群星链代言，也为子宫和睾丸代言，
为受到践踏的权利代言，
为畸形、渺小、呆板、愚蠢、受歧视的人代言，
亦为空中的云雾以及滚粪球的甲虫代言。

我要为受到禁止的声音代言，
为两性关系和情欲代言，
揭开面纱，展现事物的真颜，
澄清事实，转换观点，
让人看清什么是所谓的“不庄严”。

我可不愿用手把口掩，
也不会用来遮头盖脸，
我觉得性交并不下流，
它和死亡一样是个普通的字眼。
肉体的结合如同吃饭，

听一听，看一看，感一感，
美妙无限，
我的身体，每个部位及每个器官，
都感到美妙无限。

我觉得一切都是那么神圣，
从里到外玉洁冰清，
甚至连腋下的气味也成了芳香，
头颅比教堂、经卷和信条都更为神圣。

说到我最崇拜的东西，
那就是我的身体，
任何一个部位都是我崇拜的东西。
身体啊，透透亮亮反映我形象的就是你！
在阴凉棚架下休息的就是你！
迈着坚定的步子犁地的就是你！
你就是一片地，任我耕犁！
你包含着充盈的血液！那不息流动的液体，
象征着我生命的意义！
你的胸膛和别的胸膛紧紧贴在一起！

我的大脑就是你运筹帷幄的所在地！
那雨水冲刷过的菖蒲草根就是你！
池塘边谨小慎微的沙锥鸟就是你！
那备受保护、里面有着双生卵的鸟巢就是你！
这一切全是你！
你有着夹杂着甘草的蓬松头发，有着肌肉和胡须！
你就是太阳，慷慨无比！
你就是那闪着亮光、罩在我脸上的水蒸气！
你就是那露水和潺潺流动的小溪！
那轻轻吹在身上的风儿就是你！
你是广阔的田野、枝条粗壮的大树，
是蜿蜒小道上行走的游人，流连不去！
我握过的手、吻过的脸和抚摸过的人儿就是你！

我爱我自己，
爱我丰富的身体，
它是那么甜蜜，
每时每刻，无论在什么情况下，我都高兴得战栗，
说不清脚踝怎么会弯曲，
不明白那朦胧的愿望来自哪里，
不知道为何向别人表达友谊，
也不晓得自己怎么会再次接受友谊的传递。

走上台阶，停下来把一切斟酌考虑，
窗口旁的一朵牵牛花为我答疑，
它给我的道理胜过玄学的书籍。

抬头看，看到的是晨曦！
淡淡的光亮将茫茫的阴影驱离，
四处弥漫着好闻的空气。

活跃的大千世界静悄悄地跃起，
一举一动都天真烂漫，
散发出清新的气息，
从身边奔流而过，弯弯曲曲、一高一低。
一只看不见的手将多情的云团高高举起，
茫茫一片亮晶晶的液体弥漫在天际。

天与地依偎在一起，不分朝夕，
头顶上方天空发亮，从东方传来挑战的话语，
带着讽刺的语气：做主人，我要和你争高低！

二十五

耀眼、硕大的太阳冉冉升起，
有一轮太阳亦升起在我心里，
只有这样才能保持活力。
人如太阳，闪闪发亮，充满活力，
一颗灵魂沉浸在宁静、凉爽的晨曦里。

我的声音传至眼睛看不到的区域，
动一动舌头，世界的各个角落就能听到我的话语。

话语是视力的孪生兄弟，
无法衡量它的能力，
老听它调侃地对我说：
沃尔特，你很有主意，为什么不让它飞出心里？

得了吧，我可不愿入你的彀里，
你恐怕太看重自身的影响力。
话语呀话语，难道你不知道什么叫含蓄？
等待在阴冷里，哪怕霜凝大地，
我到时候大吼一声，让污泥浊水隐去踪迹，
那时我将条分缕析，权衡利弊。

知识给了我活力，
它解释了一切现象的意义；
从今天起，去追求幸福吧，男男女女。

对于我的优点，我不愿提起，
至于我是什么样的人，我拒绝交底，
你问遍天下的人，也不要将我问起，
我只消看你一眼，就知道你在打什么主意。

写什么样的文章，发什么样的议论，都不是证据，
我脸上才有着全部的证据；
我把嘴紧闭，就让那些怀疑的人束手无计。

二十六

我心无旁骛地倾听，
把听到的一切编入这首诗里，
用诗句表达心意。

我听到鸟儿在歌唱，听到了窸窸窣窣的麦浪，
火焰咂着舌头，煮饭的柴火噼啪响；
我听到了悦耳的声音，听到了人声喧嚷，
声音来自四面八方，交融在一起似合唱；
有白天的声音，也有夜之声，
有的来自街坊，有的来自村庄；
年轻人谈笑风生，工人吃饭时大笑出声，
有人友谊破裂，愤怒得大吼大叫，病人则唧唧哼哼，
法官双手紧按桌子，蠕动苍白的嘴唇宣判死刑，
码头工从轮船卸货哼着劳动的歌声，
起锚人则发出有节奏的喊声，
警铃响起，有人大声报火警——
救火车疾驰而来，拖着水车，响着警铃，闪着红色的灯，
列车汽笛长鸣，长龙在靠近，轰隆轰隆，
两人一排，走来一队人，队首在把哀乐奏鸣，
（他们手执黑色的旗幡前去守灵。）
我听到了提琴声，
（那是一位年轻人在倾吐心声，）
我听到了节奏鲜明的短号声，急促地在耳畔滚动，
在我的心里和胸中激起甜蜜的颤动。

我听到了合唱声，那是大型歌剧的歌声，
那袅袅的音乐正合我的心境。
一位男高音放声歌唱，音域宽广、声音嘹亮，
歌声充满了我的心房，
一串串歌声飞出他圆张的口腔，
把我的心装得满满当当。

我听到了一位训练有素的女高音在歌唱，
（她的歌声如此悠扬！）
管弦乐带我飞翔，
飞到比天王星还要远的地方，
它令我激情澎湃——我以前都不知道有这样的情在胸腔，
它叫我陶醉，叫我手舞足蹈，沉浸于那悠扬的音浪，
它又像暴风骤雨，愤怒、疯狂，
无情地击打我，令我呼吸不畅，
如饮加了蜜的麻醉剂，我气管发紧、窒息，像要死亡，
最终归于平静，感受到“谜中谜”，我们称之为“化境”。

二十七

不管你怎么样，那又有什么关系？
（任你到哪里去，一圈又一圈，还是要回到原地。）
假如不求进步发展，还不如做个蛤蜊缩在硬壳里。

我可没有缩在硬壳里，
无论静还是动，都敏锐地接受外部的信息，

观察每一种事物，让有益的东西进入心里。

用手指捅一捅、按一按、摸一摸，我感到幸福无比，
让身体接触另一个身体，我品尝到甜蜜。

二十八

难道这就是神力？
令我变新人，换气息，
火焰熊熊燃烧在血管里，
智昏的大脑凑热闹，帮着呐喊摇旗，
血肉之躯骤起闪电，将我体内的元素驱离，
欲念铺天盖地，僵硬了我的躯体，
让我的心绞痛，流下血滴，
对我放荡不羁，不容抗拒，
像是有目的地在吸干我的精力，
解开我的纽扣，将我裸露的腰肢抱在怀里，
使我精神迷离，似乎看到了静谧的阳光和草地，
无耻地把其他的感觉一律封闭；
它们勾结在一起，向我发动攻击，
使得我精疲力竭，对我心里的愤怒毫不顾忌；
它们集中在一起欢庆胜利，
群聚于制高地，在那儿觊觎。

我身体的哨兵全都把岗位擅离，
丢下我面对凶狠的敌人，置我于无助的境地，

哨兵们跑到制高地袖手旁观，甚至为虎作伥将我攻击。

我被人出卖，而叛徒竟是我自己——

我说话口无遮拦，将理智失去，

是我自己与敌人站在了一起，

是我自己把我送到了那里。

这神力是邪恶的神力，让我透不过气。

你究竟有什么目的？

快松开你的束缚，你叫我窒息！

二十九

这神力蒙住了人的眼睛，似乎很甜蜜，

它不显山不露水，却如利剑般锋利！

你现今离我而去，是否感到痛惜？

暂时别离，以后还会来这里，

这债务还了一笔又一笔，

愿天降甘霖大雨，获丰收还本息。

看一眼路边，那儿小草蓬勃长起，

茂密，充满了勃勃生机，

此情此景辉煌壮丽，散发出朝气。

三十

所有的事物中都包含着真理，
它们不急于分娩，对分娩也不抗拒，
不需要医生用催生钳将它们提取，
我觉得事物无论大小都有其理，
（神力不就是一个不强不弱的实例？）
逻辑和说教根本不具有说服力，
夜之潮气更能深入我心里说明问题。

（只有在每个人面前得到印证的道理才是真理，
只有无人可以否定的道理才是真理。）

一时间，我的心得到了洗礼，
我觉得那一个个湿湿的泥团也可以成为情侣，
把爱情的灯点起，
理中理就是男女之躯，
他们彼此的感情就是高山之巅、花之美丽。
真理枝繁叶茂，成了创造一切的母体，
人人欢欣鼓舞，人人感到欣喜。

三十一

我坚信草的叶片是星星创造的业绩，
蝼蚁、沙粒以及鹪鹩蛋也都是完美的业绩，
而雨蛙是造物主的神来之笔，

蔓生的黑莓可用来装饰天体，
我手上最小的关节也强似人造的机器，
低头嚼草的牛儿好过任何雕塑之体，
老鼠是奇迹，让普天之下不信神的人啧啧称奇。

我体内容纳百物，有麻岩、煤炭，
也有水果、谷物、可食用的草根和长须的苔藓，
飞禽走兽为装饰，把我的全身涂遍，
过去的就让它过去，抛在后边，
而心里产生愿望时却又把往事浏览。

莽撞或怯懦都令人嗟叹，
火焰山要阻住我的去路，难上难，
乳齿象已成残骸，无法将原貌再现，
物体破碎支离，不可能恢复原有的形面，
蛟龙不能久卧浅滩，雄狮不能久藏深山，
秃鹰无法将鹰巢筑在蓝天，
蛇穿行于藤蔓和木料之间必被发现，
树林再深也无法把麋鹿的行踪遮掩，
鸟喙尖尖的海燕不可能向北飞到拉布拉多的地盘；
我快步向前，爬到悬崖上边，
站在岩缝间的鸟巢边将世间风云观览。

三十二

我觉得我可以换个活法，跟动物待在一起，

它们淡漠平静，很有自持力，
我站在一旁观察它们，久久不息。

它们不会为自身的处境淌虚汗，哀号不已，
它们不会为自身的罪过睡不着觉，痛哭流涕，
它们不会高谈阔论对上帝的职责，让我生气，
它们不会牢骚满腹，疯狂地把财物攫取，
它们不会对任何人卑躬屈膝，
也不会对几千年前的古人膜拜顶礼，
普天之下的动物彼此不分体面不体面，也不悲戚。

它们表明了它们与我的联系，我表示同意，
在它们身上我看到了自己的标记，
那些标记显示得非常明晰，
真不知它们取自哪里。
莫非在很久之前我无意之中把标记遗忘在了哪里？

过去、现在乃至永远，我都不会停下步履，
一路飞快收集和展示各种信息，
信息丰富多彩，无边无际，其中不乏相同的信息，
并不十分排斥跟他人分享我的记忆。
动物中有一个引起了我的爱意，
而今我跟它建立了兄弟关系。

那是一匹骏马，雄壮，美丽，
在我的抚摸下充满了活力，

天庭饱满，前额高高耸起，
肢体光滑柔顺，尾巴拖地，
眼睛炯炯有神，耳朵漂亮，灵巧地抖来抖去。

我用两脚夹紧它，它的鼻孔一张一翕，
我骑着它狂奔归来，只见那健美的马腿在抖颤，十分欢喜。
马儿啊，我只蹓蹓弯，就不再劳累你。
假如我自己能飞驰，怎忍心把你骑？
如果我的速度超过你，就绝不会把你骑！

三十三

啊，时间和空间！
那时，我在草地散步，浮想联翩；
那时，我孤身独眠，浮想联翩；
那时，我沐浴着淡淡的晨曦，浮想联翩；
此时，所有的一切浮想都真实地展现在了眼前。

我忘掉了压力和忧烦，
浮游在碧波间，
穿山越岭，将世界抚摸遍，
在幻境之中四处游览。

挨着城市里的四方形住宅旁边，
我和伐木工一道在木屋里睡眠；
沿着关卡的车辙，沿着干涸的峡谷及河湾游览；

除草于洋葱地，翻耕于胡萝卜及防风草田间；
穿越草原，跋涉于密林间；
探矿、掘金，把新买来的树剥下树皮，一圈又一圈；
把小船拖向浅浅的河流，发烫的沙滩烫疼了脚底板；
但见豹子在树杈上来回徘徊，牡鹿冲猎人转过脸，
一副怒颜；
但见响尾蛇躺在岩石上晒太阳，懒懒散散，
水獭在把鱼当大餐；
但见鳄鱼在河湾边睡眠，
身上的皮疙疙瘩瘩，粗糙不堪；
但见黑熊在寻找草根和野蜜，
海狸用船桨一样的尾巴筑泥坝将水拦；
走过甘蔗地，走过开着黄花的棉花田，
走过又低又湿的水稻田；
走过尖顶农舍，但见从水沟里捞出的扇贝状的杂物和细枝条
就堆放在旁边；
走过西部的柿子林，走过穗子长长的玉米田，
走过亚麻地——亚麻花秀丽，颜色发蓝；
走过白色和褐色相间的荞麦田，
那儿的蜂鸣嘤嘤嗡嗡响成一片；
走过深绿色的黑麦田，
微风吹过，麦浪滚滚，一明一暗；
紧紧抓住低矮杂乱的小树攀登高山，
小心翼翼地一步步向前；
取草丛里的羊肠小路，行走在灌木的枝叶间；
鹌鹑在鸣叫，鸣叫于树林和麦垄之间；

七月的黄昏，蝙蝠飞翔在眼前，
金飞虫刺破了黑暗；
小溪流过古树的树根，流向草原；
牛儿猛地抖一抖身子，赶走了苍蝇的纠缠；
奶酪包布挂在厨房晾干，
炭架摆在灶石板上边，
蛛网从房梁垂下来，像花饰一般；
打铁的锤哐当一声落下，印刷机的滚筒在转；
胸腔里，一颗颗人心在狂热地跳动，
梨形的气球升起在空中，
（我随着气球上升，从天上观景；）
救生车被马拉着向前，
沙坑里孵着淡绿色的鸟蛋；
母鲸陪幼鲸游泳，不离不弃，相依相伴；
蒸汽船后边拖着长长的烟；
鲨鱼鳍露出水面，恰似黑刀片；
在不知名的水域漂浮着一艘惨遭火焚的双桅船，
贝壳牢牢沾附在滑腻腻的甲板，
底舱里的尸体在腐烂；
队伍在行进，星条旗飘扬在前边；
过了那座长长的岛屿，曼哈顿就在不远；
站在尼亚加拉大瀑布前，
飞落的水珠像面纱罩上了我的脸；
走上台阶，走上屋外的硬木踏板；
来到赛马场，或者去野餐，
或者痛痛快快打一场棒球比赛，或者舞蹈翩翩；

参加单身汉狂欢，操一口粗犷的语言，
讽刺调侃，走斗牛士的步点，
笑啊笑，觥筹交错把酒干；
在苹果加工厂里品尝果酱的甘甜，
吮吸苹果汁用的是麦管，
削苹果的机器前，恨不得把所有红红的果子吻遍；
参加街头集会、海滩篝火会、联谊会，
或者和朋友们一起剥玉米，一起把房屋筑建；
听嘲鸫各种叫声——有悦耳的咕咕声，
有清脆的咯咯声，有尖叫也有哀鸣；
干草堆放在打谷场上，
干麦秸零散地撒在一旁，
牛栏里把育种的母牛圈养；
公牛走上前，去把雄性的责任实现，
种马来到母马的身边，
公鸡给母鸡踩蛋；
小牛在吃草，鹅儿一口一口在进餐；
空寂的大草原无际无边，
夕阳投下的阴影在伸展；
水牛群展开如扇面，
覆盖了方圆数英里的地面，
有的近有的远；
蜂鸟身上微光闪闪，
长寿的天鹅脖颈曲曲弯弯；
笑鸥掠过岸边，
其笑声如人的笑声一般；

在花园里的灰色木架上，蜂房一字排开，
深草半遮半掩；
鹧鸪脖子上有个圈，
它们在地上围成一圈，脑袋一探一探；
殡葬马车从拱门进入墓园；
冬天，狼群哀号，树上挂着冰凌，白雪覆盖荒原；
夜间，皇冠苍鹭来到沼泽边，将小蟹当夜餐；
酷热的午间，可以看见游泳者和潜水员，
他们溅起的水花把凉意增添；
村姑坐在核桃树上吹簧片，
声音悠扬，脚下是墙垣；
香橼藤、黄瓜蔓，叶片银光闪闪，
结成了网，连成了片；
走过柑橘林或含盐的田，
头顶上方是圆锥形的冷杉；
走过办公楼、体育馆，
走过大会堂和挂着帘子的酒吧间；
当地人和外地人都让人喜欢，
无论是新朋友还是老朋友也都让人喜欢，
还有那些女子，不管俊丑我都喜欢，
还喜欢那个贵格会的女教徒——
她见人就摘下帽子，说话很甜，
亦喜欢粉刷得雪白的教堂里那歌声悠扬的唱诗班；
那位卫理公会派的传教士淌着热汗，
话语诚恳，野营布道会上的宣讲深深印在了人们的心坎；
走在百老汇大街上，整整一上午把各家商店的橱窗观览，把脸贴在厚厚的玻璃上，将鼻子压得扁扁；
当天下午，抬头仰望天上的云团，
徜徉在小街小巷和海滩；
伸开左右胳膊搂住两位朋友的腰，
他们走在两边，而我走在中间；
回家时带来了一个庄稼汉——
他寡言少语，黑黑的脸盘，
（我们同骑一匹马，他坐在我后边；）
在远离居民点的地方观察动物的足印，
也将印第安人鹿皮鞋留下的脚印收入眼帘；
在医院的病床边，
将柠檬汁递到发烧病人的手里边；
万籁俱寂，接近已入殓的死者身边，
在烛光下将其查看；
乘船到各个港湾，去经商，去冒险；
汇入人流，东跑西颠，心里一片茫然；
疾恶如仇，怒火中烧，恨不得挥刀将仇人砍；
黑夜沉沉，独自一人在后院，思绪漫游他乡，久久不返；
攀上古老的朱迪亚[①]群山，感觉英俊、温情的上帝就在身边；
飞越太空，飞越苍穹，穿行在群星间，
掠过土星的那七颗主卫星，进入宽阔的光圈——
按英里计算，直径为八万；
和带着尾巴的流星一道飞行，将一团团的火球撒在后边；
携一轮新月同行，新月把满月孕育在腹中，

① 朱迪亚：古时位于巴勒斯坦南部，据说是耶稣传播信仰的地区。

一路欢歌一路行，一路传播爱情，
前行后行，时而露出容颜，时而隐去行踪，
不分昼夜，我行走在这样的路径。

我走进天上的果园，去把那儿的果实查看，
果实有的熟了，有的青涩，数量千千万万。

我像流水一样流动，又像精灵一样飞行，
靠指南针指引航向，
既有形又无形，
没有人能将我阻拦，没有法律能约束我的行径。

我的船停泊，仅仅是短短一段时间，
特使们继续向前，满载而返。

猎取北极熊和海豹的途中，
我手持尖尖的叉矛，
跨过深深的冰缝，
将蓝蓝的、发脆的冰川攀登。

爬上前桅楼，
夜间我在那儿值班，
航行在北冰洋的水面，有着足够的光线，
空气清爽，我将周围的美景饱览，
穿行在巨大的冰块间，
四面八方的景物都清晰可见，

看得见远方白雪封顶的群山，
我的一颗心早已飞向前；
脚步不停，在接近一片辽阔的战场，
我们很快将在那儿参战；
营地的哨站在前边，
我们走过去，小心翼翼，迈着轻轻的步点，
穿过郊区，我们进入一座巨大的城——
那儿早已是废墟一片，
处处都有倒塌的楼阁宫殿，
其数量之大，在世界上任何一座现存的城市里都少见。

我无牵无挂游荡四方，夜宿熊熊篝火旁，
将新郎撵出婚房，自己跟新娘同入梦乡，
夜里把她搂在怀里，将吻印在她身上。

一个妻子的叫声仿佛回荡在耳旁，
那是来自楼梯的栏杆旁，
原来是有人抬来了她的丈夫——
身上滴着水，已经溺亡。

我了解英雄的胸襟是多么宽广，
了解古往今来英雄业绩的辉煌；
风暴刮来，轮船失掉舵盘，船上一片恐慌，
死神在徜徉，
而船长临危不慌忙，绝不退向后方，
日日夜夜表现出一腔忠肠，挥笔把大字写在板上：

振作起来，我们共存亡！
我们的船长，三天不离人们的身旁，
与众人一起搏击风浪，绝不放弃希望，
最终将人们救出了风浪，
使他们远离了坟场，
可想而知那些身穿长袍、消瘦的女人们该会怎样，
那些一声不吭、皱巴着脸的婴儿该会怎样，
那些被扶起身子的病人该会怎样，
那些面容清朗、尚没有胡须的年轻人该会怎样；
这一切我都记在了心上，
咀嚼回味，产生了美好的印象，
感到自己身处其中，本人就是那船长，
船遇难时，自己就在现场。

还要把那些临死不屈的人们讲一讲，
他们对敌人嗤之以鼻，镇定如常；
曾有做母亲的被诬为女巫架上火刑场，
让她们的儿女眼睁睁站在一旁；
奴隶逃亡，猎手就在后方，
奴隶气喘吁吁，热汗流淌，
累得趴在了栅栏上，
两条腿和脖子疼得如针扎一样，
夺命的子弹呼呼作响；
这些我能感受得到，我和他们感受一样。

我就是那奴隶，我在逃亡，

狗的撕咬叫我意乱心慌，
恐惧和绝望笼罩在心上，
啪啪啪，子弹一声声地响，
我抓住栅栏板，鲜血流淌——
那血液和身上的汗一起流淌，
我跌倒在杂草和碎石上，
追捕的人策马飞驰到我身旁，
冲着我的耳朵骂不绝口，狠狠地将鞭子甩在我头上。

对于痛苦我已习以为常，
没必要问受伤的人感觉怎样，
我自己就受了伤，
伤口青紫，拄着拐杖。

我是消防员，胸骨破裂，被压成了重伤，
墙壁倒塌，瓦砾压在了我身上，
烟与热浪吸进胸腔，
同伴们的呼叫回荡在耳旁，
他们用镐头和铁铲挖掘忙，
远处传来一片咔嚓咔嚓的声响，
大家齐心协力搬走了横梁，
轻轻将我救出瓦砾场。

我躺在夜色里，身穿红色的消防员服装，
四处一片寂静，帮了我的忙，
虽然全身没有了力量，

却也没有了疼痛和沮丧，
周围的那些面孔白白的，漂漂亮亮，
消防帽已从他们头上摘下，
渐渐地，跪在地上的人群离开了身旁，
随之消失的还有火炬的光。

远与近，生与死，不息循环，
如表针循环于表盘，
而我就是钟表，我的表针不停循环。

我又是一个老炮手，要讲一讲要塞炮战的场面，
那场面历历如在眼前。

战鼓隆隆，一声高过一声，
进攻的炮声齐鸣，
还击的炮声震耳欲聋。

我就在战场上，目睹和耳闻了一幕幕情景——
喊叫、怒骂、咆哮，炮弹一旦命中，迎来喝彩声，
救护车慢慢移动，在血泊中穿行，
工兵在检查工事，修补着漏洞，
手榴弹从裂开的房顶落在屋中，火光一闪如扇形，
肢体、头颅、石块、木片、铁条嗖嗖飞向空中，
将军生命垂危，鲜血涌出口中，拼命把手摆动，
喘着粗气说：别管我……以阵地为重！

三十四

追溯往事，难忘少年时在德克萨斯度过的时光，
（想讲一讲阿拉莫[①]的沦陷却无法讲，
生还者没有一个人愿意叙述阿拉莫的战场，
阿拉莫的那一百五十个人把话憋在胸腔，）
那段往事涉及四百一十二个青年遭到屠杀——
简直丧心病狂！

青年们撤退到空旷的广场，
用辎重筑起防护墙，
他们已让围困他们的强敌付出惨重代价，九百人命丧战场，
他们也有阵亡，但人数九倍少于敌方，
他们的上校负了伤，子弹已打光，
提出了体面的投降，签署投降书，盖了章，
交出武器，作为俘虏被押出战场。

他们是游击兵的荣光，
骑马、打枪、歌唱、饮酒、追姑娘，样样强，
一个个活力四射、身强力壮、英俊潇洒、慷慨大方，
有着骄傲的心和温柔的肚肠，
留着胡子，黑红的脸膛，身穿猎人的便装，
都是未满三十岁的儿郎。

---

① 阿拉莫：位于德克萨斯，1836 年曾为美国拓荒者和墨西哥军队的交战地。墨西哥军队人数众多，最后占领了阿拉莫，处死了所有的男性拓荒者。

第二个星期一的早上，
他们分别被押上屠场，
丧命于那个美丽初夏的早上，
大屠杀从五点开始，八点收场。

他们没有人服从命令跪在地上，
有些猛地冲上前去搏命，有的屹然挺立在屠场，
青年们中弹倒地，或头上中枪，或被射中心脏，
死人和活人都横卧地上，
血肉模糊之躯倒在血泊中、泥土上，
刚被押过来的人看到的就是这般景象，
有几人命未绝，爬着想逃离现场，
结果还是被刺刀刺死，或者在枪托下把命丧。
一个不满十七岁的少年揪住刽子手不放，
另有两个刽子手帮忙才将同伙解放，
三个刽子手都被抓伤，
少年的血染红了他们的衣裳。

十一点钟，遇难者的尸体被烧了个精光，
四百一十二个青年遭到屠杀的故事留在了史上。

三十五

你是否想听我把早年的一场海战讲一讲？
天上是一片星月之光，
你是否想知道是谁成了胜利一方？

请听听这个故事吧——
祖母的父亲曾是海员，
这故事是他亲口对我讲……

我们的敌人并非孬种躲在船舱，
(曾祖父如是讲，)
他们有着英国人的勇气，果敢、坚强，
英勇无比，过去如此，将来也无双；
傍晚时分，他们恶狠狠扑向我方。
敌我双方短兵相接，船与船的帆桁缠在一起，炮膛对炮膛，
我们的船长亲手将两船牢牢地绑。

我们的船浸在水下的部分被几枚十八磅重的炮弹击中，
刚一交火，有两颗巨型炮弹爆炸于我船的下舱中，
使周围所有的人都死于非命，
还把头顶上的甲板炸了个大窟窿。
金乌西坠，战斗在夜色里进行，
夜间十点钟，满月悬在空中，
我船的裂缝在加大，据报已有五英尺深的水在舱中，
纠察长把关在后舱里的俘虏放出来，让他们逃生。

几名警卫把住了出入弹药库的通道，
他们见这许多陌生的面孔，不知相信谁才好。

我们的船升腾起火光，
敌方问我们是否需要交枪？

是否需要降下战旗投降？

我笑了，意足心满，
因为我听见我的船长高喊：
我们不投降，
我们才刚刚开战！
他的声音宁静安然。

现能用的炮只有三尊，
一尊由船长亲自指挥向敌船的主桅瞄准，
另两尊发射出葡萄弹和霰弹压住敌方炮火，
清扫掉了甲板上的敌人。

只有桅楼上的人在协助这个小炮群，
尤其是主桅楼上的人，
他们在整场战斗中都表现出勇敢的精神。

一刻也不停，
船的裂缝在加大，抽水机阻不住海水朝里涌，
弹药库眼看要没入火中。

一架抽水机被炸碎，
大家普遍认为我们会沉入海里。

船长却巍然屹立，
他不慌不忙，声音不高也不低，

眼睛比灯笼还亮，给我们以勇气。

快到十二点时，头顶着朗朗月光，
敌人向我们投了降。

三十六

夜色无边而沉静，
两个巨大的船壳一动不动待在茫茫黑暗中，
我们的船千疮百孔，慢慢沉向海中，
船员们准备登上俘虏来的船中。
船长脸色苍白如纸，
冷静地在后甲板上发号施令；
船舱杂役的尸体就在不远，
还有老水手那张死人脸，
长长的白头发，精心梳理的胡须卷；
虽经全力扑救，火势仍在蔓延，
火苗一高一低，一闪一闪；
两三个军官在值班，
声音嘶哑不堪；
死尸或堆积如山，或七零八散，
血肉飞溅上桅杆和船帆，
绳索被砍断，旁边是晃晃荡荡的帆缆，
船外则是微微晃动的平静的海面；
大炮黑黢黢的，寒光闪闪，
火药扔得乱七八糟，刺鼻的气味在飘散；

头顶有几颗大星星在闪动，
静静的，气氛哀痛；
大海微微的清风、岸边浓浓的茂草以及田垄，
都在把死讯传送，
传送给生者听；
医生把手术刀挥动，
医用电锯的锯齿狰狞，
伤者喘粗气、咬牙齿，鲜血奔涌，
疼得大叫一声，接着长时间地呻吟，久久难停。
这些就是难以忘记的情景。

三十七

小心，你们这些懒虫，把警惕性提高！
千万要将武器看牢！
我们的大门被突破，结果我进了监牢！
在这儿我成了亡命之徒，把苦难煎熬，
看牢狱生活把我彻底改造，
痛苦没有尽头，日子多么单调，
监狱的看守扛着卡宾枪，监视着我的囚牢，
上午出去放放风，晚上又进大牢。

叛变的船员未戴手铐来到了监狱，
却把我和他铐在一起，
我们俩同止同息，
（我郁郁寡欢、沉默无语，

嘴唇抽搐，大汗淋漓。）
小青年因盗窃被捕入狱，
而我也接受审判，被判入狱；
患霍乱的囚犯在咽最后一口气，
而我也奄奄一息，
我面如死灰，身体扭曲，
人人见了都急忙逃离。

有人附上了我的身体，
而我钻进了他的身躯，
手拿着帽子，满脸羞愧，坐在那儿行乞。

三十八

够啦！够啦！够啦！
我有点头晕目眩。请你朝后站！
我大脑受了冲击，昏昏欲睡，浮想联翩，
只是感到愕然，
请你给我一点时间，
我发现自己又要犯老毛病，处于危险的边缘。

我竟然能把那嘲笑和侮辱忘记！
竟然能忘记那涓涓留下的泪滴，
忘记那木棒和铁锤的猛击！
竟然能麻木地看着自己被钉上十字架，头上鲜血淋漓！

我现在已经记起，
记起了那被遗忘的插曲，
石墓[1]出现在记忆里，
勾起对相关往事的回忆，
也使我想起了墓地，
死者复生，创伤愈合，身上的锁链掉落在地。

我重新恢复了勃勃生气，
加入到源源不断的人流里，
沿着大海远行，深入陆地，
穿过了所有的边界疆域，
把我们的信仰迅速传遍世界的各个角落里，
我们头上戴着鲜花——那鲜花千年盛开不息。

学者们，我向你们致意！请接受我的敬礼！
愿你们文章满天下！愿你们继续追根问底！

三十九

那个友善、潇洒的野蛮人——他是怎样一个人？
他是在等待文明，还是受文明熏陶已深？

他是个在户外长大的西南地区的人，还是加拿大人？

---

① 石墓：此处指耶稣死后葬身的石墓。惠特曼借着耶稣复活一说，认为普通人也可以死后复生。

他是密西西比河流域的人？
是依阿华人、俄勒冈人，抑或加利福尼亚人？
是山里人、草原人、丛林人，抑或熟悉海洋的人？

他所到之处，无论男女都喜欢他，想把他接近，
并希望他也喜欢他们，与他们交谈，和他们亲近，
成为当地居民。

他举止像雪花一样无拘无束，
言谈似青草般朴实纯真，
不修边幅，笑声不绝于耳，一派的天真；
他脚步缓慢，其貌不扬，
外形和气质都很平常；
他的魅力来自于他的指尖上，
随着他的体味和呼吸而飘荡，
随着他的眼神飞扬四方。

四十

傲气十足的阳光啊，我不需要你的温暖；
请你滚到一边！
你的温暖很肤浅，而我所需是穿过表面，到深层里边。

大地啊！你好像在寻找什么东西；
调皮蛋，你究竟想要什么东西？

伙计，我原来应该向你表达情意，但我不能；
原来应该向你诉说衷曲，但我不能；
应该讲一讲我的思念之情，
讲一讲那些日日夜夜我心脏的跳动……

瞧着吧，我可不会夸夸其谈，
也不会小恩小惠搞慈善，
要干就把自己的全部捐献。

喂，那个人，你膝头发软、有气无力，
请你解开围巾，我要把活力注入你的身体，
伸开你的手掌，敞开你的口袋——
对于拒绝，我不允许，
我储存的东西绰绰有余，
我只要有就给你。

我不问你是谁，那对我无关紧要，
没有我的帮助，你什么也算不上，什么也干不了。

我靠近棉花地里的劳工或哪户人家清洁工的跟前，
将热情的吻印在他的右脸，
心里发誓绝不会拒绝帮他渡难关。

对于孕妇，我助她们生下的婴儿个头大、机智灵巧，
（今天，我所注入她们体内的东西远比共和体制重要。）

对于生命垂危的人，我会飞奔向前，
打开门，到他身边，
将被褥推到一边，
让医生和牧师回家，我要把手段施展。

我抓住消沉的病人，以不可抗拒的力量将他扶起——
喂，绝望的人啊，请把我的脖子抱在怀里，
天呀，你可不要将希望放弃！
我会支撑起你全部的身体。

我要让你恢复通畅的呼吸，
我要让你重新振起，
我把神兵天将布置在每个房间里，
亲爱的，我要将阴鬼驱离。

安心地睡吧，我们将彻夜守在你身边，把疑虑驱散，
让病魔不敢把你侵犯，
我已拥抱过你，你就如亲人一般，
明晨起床，你会发现我所说的都是真言。

四十一

对于卧床不起的病人，我提供帮助，
对于身强力壮的人，我也提供帮助。

关于宇宙之说早已回响在耳畔，

那一套说法已有几千年，
不左不右，介于中间，
而这并非理想的局面。

我来啦，要把它扩展，要把它实践，
出口便胜过老套的陈腐之言，
丝毫不差传达耶和华的观点，
展现科隆纳斯及其儿子宙斯、孙子赫尔克里斯的论断，
将奥西里斯、贝鲁斯、艾西斯、波罗贺摩及释迦牟尼的理论作为借鉴；
我的著作里处处有曼尼陀的观点，
真主在字里行间，
也刻有十字架的图版，
亦将欧丁及面目狰狞的麦西特里包含在里边，
一切令人崇拜的偶像和辉煌的形象都在其中闪现，
给他们以评判，斤两十足，不贵也不贱，
承认他们的历史地位和当时的贡献，
（他们曾经给羽翼未丰的雏鸟喂过饭，
而今雏鸟已羽翼丰满，让自己的歌声飞上蓝天，）
我接受那些神圣但粗糙的观点，
以充实自身，把自身完善，
再毫无保留地向身边的每一个人宣传。

我发现，盖房子的工人表现更为不凡，
挽起袖子挥动木槌和凿子干活的木匠更值得称赞；
我不反对关于神灵启示的观点，
将一缕烟或者手背上的一根汗毛视为“启示”的展现；

开消防车和登绳梯救火的青年，
在我看来如古代的天神一般，
在倒塌的房梁之间能听到他们的叫喊，
他们健壮的肢体活跃在焦木间，
白皙的脸在大火中闪现，
一个个安然无恙，平平安安；
单凭机械师的妻子给婴儿喂奶这一点，
就可见人类在生生不息地繁衍；
三位健壮的天使忙碌在田间，
腰间的衣服鼓得圆圆，
一字排开，呼呼挥动着手中的镰；
豁豁牙的红发马夫要赎回自己的罪愆，
卖掉家当，为弟弟去向律师交钱，
弟弟因为伪造字据罪受审判时，他坐在弟弟身边；
周围分布最广的是草木，而我们竟视而不见；
公牛和甲虫得到崇拜应该不减当年[①]，
粪土和泥块有着我们意想不到的优点；
圣人不值得夸赞，
我本人也可能哪一天会跻身于他们中间——
那一天正在接近，
我将像圣人一样创造辉煌，像他们一样发出光焰；
啊，生命之源！我自己也成了生命之源，
潜伏在黑暗的子宫里，准备将生命奉献。

---

① 古时候，人们把公牛和甲虫视为崇拜的偶像。

四十二

一个声音在人群中响起，
那是我的声音——横扫大地，不容置疑。
孩子们，快来这里！
姑娘、小伙们，快来这里！
亲戚、朋友们，快来这里！
演奏家已经将乐声奏起，
用笙管吹响了前奏曲。

乐声袅袅，舒缓飘逸，
我感觉到你们的心一伏一起。

我心旷神怡——
乐声滚动在大地，那可不是风琴所能奏出的曲；
周围人山人海，他们来自各地。

大地坚硬、平坦，始终存在在那里，
饮食男女始终存在在那里，
太阳落山又升起，
还有那空气和永不息的潮汐。
我和我的邻居真真实实，有着各种各样的心绪，
我们提问题，总无人答疑，
一根刺扎在拇指里，
我们都是知疼知痒的血肉之躯；
有人搞阴谋诡计，让人厌腻，

大家追根问底，将他暴露在光天化日里；
爱情——生活中潺潺流淌的小溪，
也可化为伤痕累累之躯，
或者化为僵硬的尸体。

处处都有庸人，他们眼里只有钱币，
为了满足腹中的贪婪，他们用尽了脑力，
买进卖出费心机，从不去参加宗教的典礼；
许多人挥汗如雨，打麦、耕地，
得到的报酬却只有糠秕，
少数几个人不劳而获，将麦子收入自家仓里。

我是城市居民，生活在城市里，
别人感兴趣的事情我也感兴趣——
政治、战争、报刊、市场、学校、市长和会议，
还有银行、工厂、轮船、货物、商店、不动产、私财和汇率。

许多小人物衣冠楚楚，跳来跳去，
我清楚他们是谁，
（当然不是跳蚤或蝼蚁，）
我承认他们是我的翻版，极其虚弱，浅薄无比。
对于我的所言所行，他们亦步亦趋，
我的思想也会出现在他们的心里。

对于“自我主义”我心里有底，
情知自己的诗行杂乱，却又收不住创作的笔，

不管你是谁，请你帮我充实自己。

我的诗歌不守规矩，
谈问题不管三七二十一，
也不管上天还是入地，
这本诗集问世亏了大家的努力——
印刷工和杂役今在哪里？
这些照片无可挑剔——
你的朋友是否在身边，你的妻子是否搂在怀里？
这艘黑色的船裹着铁皮，
大炮蹲在炮塔里，有着强大的火力——
船长和船员是否英勇无敌？
房宅里有杯盘、食物和家具——
主人夫妇是否有热情在他们的眼睛里？
头顶是高高的天际——
此处，或隔壁，或马路对面有什么东西？
圣者、贤者出现在历史里——
你把自己怎样评析？
布道词、信条是神学的道理——
深不可测的人的大脑会有什么理？
什么是爱情？什么是生活？什么是真理？

四十三

我绝不会把牧师看低，无论何时何地，
我的信仰包罗万象，有高有低，

既崇拜古今，也包括古与今之间的时间区域，
深信五千年后自己会复临大地；
我耐心等待神谕，
尊崇神灵，向太阳致以敬礼，
将岩石或树桩当偶像叩头行礼，
手持神杖加入到祭奠的人群里，
帮助喇嘛或婆罗门把神像前的佛灯剪齐；
大街上，翩翩起舞于阳物崇拜的游行队伍里，
树林中，摇身一变成了狂热而又严厉的苦行僧侣；
用人头骨作杯子畅饮蜂蜜，
向《沙斯塔》及《吠陀经》表示敬意，
再把《古兰经》的颂歌唱起；
敲着蛇皮鼓走过圣地，
那儿有石砸、刀砍留下的血迹；
接受福音书的道理，
将十字架上的那个人膜拜顶礼，
坚信他神圣无比；
做弥撒时跪倒在地，
参加清教徒的祈祷时需恭立，
到教堂做礼拜则要平心静气；
一旦失去理智，我会说话高声大气，
无端发泄怨气，
要不然就一言不语，直至心情转霁；
目光游离于人行道上，穿越大地，
游离于更远的地区，
我的生活就像螺旋阶梯，

一圈又一圈从外到里；
我既有向心力又有离心力，
回来了又出去，
出门前把事情交代个整齐；
怀疑一切的人必定苦闷、孤独，垂头丧气，
他们轻浮、阴沉、易怒、失望、沮丧，不把神灵放在心里，
我了解这个群体，知道苦恼、绝望、怀疑以及缺乏信仰的结局。

看看痛苦的比目鱼，会把水面猛烈拍击！
它们抽搐、扭动，快如闪电，鲜血淋漓！

怀疑一切的人就像鲜血淋漓的比目鱼，无比阴郁，
劝你们平心静气，
我像同情其他人一样同情你们的遭遇，
过去的已经过去，
对你们、对我以及对所有的人，均无差异。

对于没有体验过的事情，我不知会有什么结局，
但我知道凡事付出足够的努力，就会取得胜利。

这对每个人都一样，不管是现在还是过去，
没有一个会出现差异。

这种情况不分任何人——
不分那个年轻人，死后葬在了坟墓里边，
不分那个姑娘，死后埋在了他的身边，

不分那个小孩，从门口朝屋里望了望，以后再也没有露面，
不分那个老年人，生活缺乏意思，觉得苦如黄连，
不分那个济贫院的贫民，酗酒和生活不规律令他被肺结核纠缠，
不分遭到屠杀的人和海上遇难的人——他们有万万千千，
不分那些被称为“人类渣滓”的禽兽一般的坏蛋，
不分液囊虫——它们漂浮在水面，张开嘴，让食物自动进入嘴里面，
不分任何生物——有的在土里，有的在古墓里边，
不分任何星球上的生物——这样的星球有千千万万，
不分当前，哪怕是最小的小不点。

四十四

现在该阐述一下我的观点，
让我们共同面对检验。

大家耳熟能详的我略去不谈，
仅和普天之下的男男女女涉足未知的空间。

时钟指示的是瞬间，
但永恒靠什么显现?

人类度过的寒暑有千千万万，
还有千千万万在前边，以及更前边。

新生的生命带来了财富，使生活色彩斑斓，
以后还会有新的生命，有更多的财富和“斑斓”。

对于孰贵孰贱我不加评点，
凡是适时适地做出贡献的都一样视看。

兄弟姐妹们，你们是否遭到过嫉妒或诬陷？
如果遭到过，我为你们遗憾，
我本人没有那么惨，
人人都对我和善，我不知道什么叫忧烦，
（忧烦于我有何干？）

我立在人类成就之巅，
将未来纵览。

我踏在阶梯的顶端，站在最高点，
每一级都代表着大量的时间，
而级与级之间还有许多时间，
脚下是走过的路，而我仍继续登攀。

身后有幽灵一闪一现，
远远的，我瞧见了出发的起点，
情知自己是从那儿登攀——
我曾在那儿等候，无人看得见，
在雾团里软绵绵地睡眠，
不紧不慢，不忧受到肮脏的碳污染。

我在那儿受到父母的拥抱——很长很长时间。

那对我以后的发展益处无边——
那些拥抱过我的臂膀忠诚、友善，助我向前。

“生命的轮回”在摆渡我的摇篮，
摇啊摇，像快乐的船夫在划船，
运行中的星星朝一边闪，给我让出空间，
它们留心留意照看那让给我的地盘。

出母腹之前，许多代的人已经有了铺垫，
我在子宫里并非麻木不堪，
任何现象都逃不过我的眼。

为了我的诞生，群星汇集，围成一圈，
地面慢慢隆起成小山，供我站在上边，
茂盛的植物是营养之源，
巨大的天神把我含在口中呵护，用心慎严。

所有的力量源源不断，
给我以欢乐，令我完善，
而今我挺然屹立，灵魂康健。

四十五

啊，青春啊青春，精力蓬勃，一往直前！
啊，男子汉，稳健、轩昂、精神饱满。

情人不离我的身边，
热吻我的嘴唇，将吻深深印在我皮肤的毛孔里边，
陪我逛大街，把公共展厅游览，
夜间光着身子出现在我身畔，
日里莺语燕声把我喊——
那喊声来自小河岩石那边，
在我的耳边鸣响、回旋，
或来自花房、枝叶交错的树丛、葡萄蔓，
令我生活中的每一刻都闪着光焰，
用香吻将我全身吻遍，
无声无言把她的诚心奉献，
将那诚心融入我的心田。

暮年大摇大摆来到眼前！
啊，欢迎啊，人生这最后的日子雍容典雅，妙不可言！

每一种东西不仅有当前，
还有以后，还会繁衍，
晦暗、寂寞也是一般。

夜晚推开窗户，把远方散布的群星观览，
那距离极远极远的星系只能看到边缘。

群星向远处扩展，扩展啊永远扩展，
一个劲向外蔓延，永远蔓延。

我的太阳有其卫星围着它旋转，
而卫星有它的伙伴，
它们围成一圈，
圈外有圈，中间的就成了一个小点。

运动没有停点，也没有尽端，
如果让你我以及所有的一切当下倒退，回到以前，
回到混沌一片，
那样只会枉然，
我们转一圈，还会回到当前，
当然还会再往前，再往前，走得更远。

再过几亿年，再走几亿万公里的路程也无关，
不会造成损害，不会影响全盘，
它们只是其中的一点点，
无论任何东西都是其中的一点点。

放眼看，空间无限，
不管你怎么看，前方仍有无限的空间。

我已有了归宿点，不容改变，
上帝就等在那边，
我时候一到就会登程向前，
我贴心的侣伴——
我朝思暮想的忠诚的爱人也会在那儿出现。

四十六

我来去无踪影，谁都没有把我出现的时间和地点弄清，
也永远弄不清。

我永远在浪迹天涯的旅行中，
（诸位不妨听一听！）
我身穿雨衣、脚蹬漂亮的鞋子，将林中砍来的棍子拄在手中，
不接待朋友在家中，
我没有待客的椅子，不去教堂，没有人生哲理在胸，
我不请诸位去餐馆、图书馆或交易大厅，
而是领着大家登上一座山峰，
让我左手搂住你的腰，右手为你指点美景——
一条通衢大道就在其中。

路，我不能代你行，
任何人都不能代你行，
要行得你自己行。

路，并不远，而是在视野之中，
也许你一出生就在旅行，
只是你不知情——
那路在陆地上，在水中，
无处没有它的踪影。

亲爱的儿子，把你的行囊扛在肩上，

我把我的也扛在肩上，
咱们一起奔向前方，
咱们能看到美丽的城市和自由的国家在路上。

你累了，就把行囊交给我扛，
将你的手搂在我的腰上，
我累了也会同样，
一旦上路，就别把休止指望。

今天拂晓前，我来到一座小山上，
但见群星闪闪发光；
我对我的精灵说："如果把那些星星执掌，
有了它们的宝藏，有了它们的智慧和希望，
咱们是否就达到了圆满，实现了愿望？"
我的精灵说："不，咱们只是翻越山岗，
得继续走向前方。"

你也在问我问题，我已听在耳中，
只不过我不能回答，答案得你自己寻找才行。

亲爱的儿子，坐一坐无妨，
吃几块饼干，喝几口牛奶也无妨，
不过，你一旦进入梦乡，
梦见你换上华服丽装，
我就会给你一个告别的吻，把房门大敞，
让你另走他方。

你的梦是何等令人心伤，
让我帮你洗掉眼里的肮脏，
你必须习惯太阳光，
习惯生活中每时每刻的迷茫。

你一直都胆小地守在岸旁，
抱着块木板在水里漂荡，
而今我要你当个勇者，游向远方，
潜于海水里，再浮到水上，
冲我点点头，喊一声，大笑着将头发甩向脑后方。

四十七

我是运动员的教练，
他虽然“青出于蓝胜于蓝”，
但也证明我就是“蓝”，
他向我学习技巧，把我赶超，
莫不令我骄傲。

从少年到成年，靠的是自身的力量，
而不是借助外部的力量，
这样的少年令人欣赏；
一味的委曲求全或惊惊愕愕，
本身并非美德，而是罪恶；
喜欢自已的心上人，吃起饭喷喷香，
单相思则两样，轻视叫他心伤，

轻视的目光胜过刀剑的锋芒；
骑射、决斗、驾舟、弹琴和歌唱，
都在人之上；
喜欢疤痕脸、大胡子和麻子脸膛，
而非把脸刮得光光，
喜欢晒黑的脸膛，
而非躲着太阳。

我提倡离开我的身旁，
但没有人能这样。
此时起，我将如影随形把你依傍，
我的话在你的耳畔回荡，直至你留在心上。

进忠言不为私利，也不为等船时打发时光，
（你一言我一言，谈话欢畅，
你说话谨严，而我说话开放。）

我发誓决不再在室内提到爱情或死亡，
我发誓决不再表述心肠，
要表述就到野外去，在那儿向人敞开心房。

要想了解我，就到山上，或到水旁，
眼前的蚊虫会替我讲，
一滴水或者一道涟漪就可把答案充当，
佐证我的话的还有木槌、铁锯和船桨。

能跟我交流的不是封闭的人家，也不是学堂，
大老粗和小孩子要比它们强。

年轻的机械工和我最亲近，他对我了如指掌；
伐木工拿着斧头和茶缸，
到哪儿都把我带在身旁；
在田里耕作的农夫听到我的声音便喜气洋洋；
我的话在船上回响——
我喜欢渔夫和水手，同他们一道出航。

士兵们或扎营或行军，他们和我是伴当，
大战前的夜晚他们来找我帮忙，
我没有让他们失望，
那是个沉重的夜晚呀，也许他们会阵亡——
我认识的那些士兵来找我帮忙。

猎人盖着毛毯独眠时，我的脸挨着他的脸庞；
车夫心里有我，便不把大车的颠簸放在心上；
年轻的妈妈理解我，年老的也一个样，
姑娘媳妇会停下手里的针线活想一想，
想一想把故事的哪些情节遗忘，
然后又继续把我讲给她们的故事重复地讲。

四十八

我说过灵魂并不比肉体强，

我也说过肉体并不比灵魂强，
世间无物，甚至包括苍天上帝都不如自己强；
走人生路，缺乏同情多悲伤，
身披裹尸布走向死亡，
但即便身无分文也有一块地做坟场；
你张望张望，指出豆粒在豆荚上，
比你读尽古往今来的圣贤书强；
无论什么职业，无论什么行当，
你一心追求，就能把英雄当；
只要坚强，就可以成为宇宙中心，成为栋梁；
我逢人便讲：不管出现什么情况，
你的心一定要冷静，不要慌张。

我对上帝不感兴趣，此话是对人类讲，
我对天下人都感兴趣，对上帝却两样，
（哪怕你把所有的词汇都用光，
也说不清我是怎样淡定对待上帝和死亡。）

遇到一物一景，
都能听到上帝的声音，看见其身影，
却怎么也把上帝理解不清，
真不知还有谁能比我精明。

我何必强求自己更深地理解上帝？
一天二十四个小时里，每一分钟里，
我都能看到上帝，

在人们的脸上看得见上帝，
照镜子时我的脸上也有上帝，
大街上看得见上帝的信件，每一封的署名都是上帝，
我让那些信留在原地，
因为我知道无论到何方何地，
上帝的信都会随我而去，永不止息。

四十九

至于你，死神，你将死亡率执掌，
可你别指望让我失措惊惶。

助产士毫无畏惧地走进产房，
看得见那只手挤压、接生、支撑，不停地忙，
我斜倚在产房门旁，
目睹了出生，也目睹了如释重负和安然无恙。

至于你，尸体，你可以把肥料充当，
这对我无妨，
我仍可以闻到白玫瑰的芬芳，看得见它的生长，
凑近花的叶片，凑近甜瓜那光滑的胸膛。

至于你，生命，你大概送走了许许多多的死亡，
(毫无疑问，因为我本人就有过一万次的死亡。)

我听得见你们在低语，天上的群星，

啊，太阳，啊，坟头的小草，你们在不停地变化和运动，
如果你们不吭声，我又怎能叙述衷情？

森林中静静地躺着浑浊的池塘，
暮色形成一堵墙，
而顺着墙洒下了月光，
日光和暮光在摇摆，在发亮，
照在污泥中腐烂的黑乎乎的根茎上，
干树枝咯吱咯吱的声音响在耳旁。

我驾着月光飞扬，我乘着夜色飞扬，
我发现那惨淡的月光折射出正午时分的阳光，
不管出身贵贱，我都要抵达中央。

五十

我心里有样东西，
我弄不清它是什么，但我知道它就在那里。

坐卧不安，大汗淋漓；
最后我恢复了平静和安逸，
不觉睡去，睡啊睡，睡个不息。

我弄不清那是什么东西，
它没有名称，是个没有使用过的词语——
词典里、话语里、符号里都没有这个词语。

它比我寄身于上的大地更有深意，
它视万物为友谊，
这让我苏醒于大梦里。

或许，我还可以讲出更多的道理。
那就长话短提！为了我的姐妹和兄弟。

看到了吗，我的姐妹和兄弟？
它无关于混沌世界，和死亡也没有关系，
而涉及的是“大成”“形式”“总体”，
涉及的是永恒的生命和“幸福”的意义。

五十一

过去和现在如昙花一现，
我令它们充实，又叫它们消散，
接下来还会一如既往，把未来的生活充满。

喂，那边的人！你是不是有话要向我谈一谈？
请到这边，凑近我的脸——
趁我沐浴在暮色里边，
（要谈就说肺腑之言，没有人把你听见，
我只待一会儿，时间有限。）

这话是不是矛盾之言？
好吧，就算是矛盾之言，

(我是硕大之体，容纳的内容千千万万。)

我要把精力集中在眼前，
当下正立于门前的石板。

谁已将今天的工作干完?
谁风卷残云般吃晚饭?
谁愿意和我一道把步散?

你是否愿意在我走之前把话讲完?
是不是已经太晚?

五十二

身上带有斑点的苍鹰掠过身边，
它口吐怨言，嫌我啰唆，嫌我徘徊不前。

我可不是稀松软蛋，
我可不是让人一眼就能看穿，
我在世界屋脊上发出狂热的叫喊。

听到我的叫喊，白天止步不前，
它把我的影子与其他人的影子混为一团，
投射在影影绰绰的田野间，
它引我走进浓雾，走进傍晚。

我离去了，如空气一般，
在飞逝的夕阳中白发飘散，
血肉融于空气漩涡，随风而散，
一团一团，带着花边。

我化为泥土，存身于我喜爱的花草间，
如果你要寻找我，我就在你的鞋底下面。

你可能不知道我是谁，不明白我之言，
但我的诗会净化你的血液，有益于你的康健。

一时找不到我，可要坚持信念，
一处不见我，就到别处把我见，
我一定会在某处等着你露面。

亚当的子孙

前往伊甸园

前往伊甸园，整个世界在行动，
夫妻、儿女走在前边的队列中，
爱情、生命、生活的意义以及实质都在其中，
我沉睡后又苏醒，
生命大轮回将我夹裹在其中，
人们多情、成熟、美丽、生动，
我四肢颤抖，心火燃烧，为了美妙的原因激动，
放眼看，要看穿前景，
满足于过去，也满足于当前，夏娃伴我行，
我们或前或后，如影随形。

我抒我情

我抒我情，啊，大自然！
明媚的白日，冉冉升起的太阳，
它们是我的朋友，叫我心情欢畅——
我友把胳膊悠闲地搭在我肩上；
山坡上一片白，花楸树的花儿在开放，
深秋色彩缤纷，披上了红、黄、紫、浅绿、深绿的衣装，
但见绿草如茵，有飞禽，也可见走兽在游荡；
荒径宁静，伴有野果和鹅卵石在一旁——
记忆的碎片美丽、生动，
那被遗忘的场景一幕幕浮现在脑海中，叫我动情，
这才是真正的诗（通常所谓“诗”仅为图景，）
要歌颂就歌颂幽静的夜晚，将我这样的凡夫俗子歌颂，
我和那些普通的人们总是携带着诗情，
只是太含蓄，叫人看不到眼中，
（在此，我们郑重宣告：我们，这些普通的人，
就是雄伟壮丽的画意诗情！）
我们有爱的心、爱的汁液、爱的芬芳，
有爱的精神和爱的志向，

有爱的双手和臂膀，还有爱的嘴唇及胸膛——
我们紧紧贴在一起，肚皮贴肚皮，胸膛贴胸膛；
这儿是纯洁爱情的土壤，
有了爱，生活才会有芳香；
我歌颂爱人的躯体，歌颂心上女人的躯体，
歌颂男人的躯体，也将地球之躯歌颂！
午前，从西南方刮来柔和的风，
毛茸茸的野蜂嗡嗡嗡上下飞动，
它紧紧将丰满的雌性花儿抱在怀中，
放荡地用腿牢牢压住她，纵欲纵情，
浑身颤抖，始终不放松，
满足了情欲之后才松动；
整整一上午，湿气在林中弥荡，
一对人儿在夜间紧紧依偎进入梦乡，
一个把胳膊斜着压在另一个的腰下方，
闻着苹果味儿，还有揉碎的艾草、薄荷以及桦树皮的芬芳，
小伙子醒来向我描述了他的梦乡，
满怀着渴望，激动、紧张；
枯叶盘旋飞起，末了还是落到地上；
一景一物都在刺激着我的感官，
有人物也有景观，
对此我已经习惯，
就像所有的人那样习惯；
只要享有特权，

才可和下面那圆圆的两兄弟[1]绸缪缱绻，
好奇心十足，用手把对方的身体摸遍，
手指稳稳地停一停，再摸上前，
对方害羞地将身子向后一闪；
小伙子体内的精液躁动不安，
浮想联翩、痛苦不堪，
心里顿起波澜，
狂涛滚滚，不得安宁，折磨得他心烦；
我有同样的感觉，那感觉跟别人的一般；
小伙子激情涌动，越来越激动，
年轻女子也激情涌动，越来越激动；
小伙子梦醒于深更半夜间，
用发烫的手想压住那眼看难以自控的狂澜——
那是一个神秘的情欲勃发的夜晚，
莫名的痛苦有点甜，还有那幻觉和热汗，
手掌上的脉搏激烈跳动，手指抖颤，一弯一弯，
小伙子满脸赤红，愤怒和羞惭——
我沉迷于爱河，一丝不挂，怀着热烈的心愿；
阳光灿烂，草地上有一对孪生婴儿在爬着玩，欢乐无边，
母亲则眼不离他们，把他们看管；
那胡桃壳、胡桃树干，
还有那椭圆的胡桃果实，有的已成熟，有的在成熟之间；
至于草木、飞禽走兽的节欲感——
如果我觉得下流，我会裹足不前，产生自卑感，

---

① 隐指睾丸。

而飞禽走兽则不然，它们绝不会退缩，绝不会自惭；
有慈祥的母性，父性也是同样慈严，
我曾发誓要把后代繁衍，
要有亚当和水灵灵的女儿在身畔，
欲望在折磨着我，不分白日和夜间，
令我坚定信念：一定要生出儿男，
将来我下岗，由他们把岗站，
那将是惬意的解脱，令人安然、心足意满；
这束鲜花随意采摘于路畔，
它的使命已完，我要把它丢掉，不管它失落于哪一地点。

疯狂和欢乐的时刻

这是疯狂和欢乐的时刻！
啊，来得猛烈些吧！不要限制我！
（在狂风暴雨中是什么将我解脱？
狂飙把闪电夹裹，
我大声喊叫，这意味着什么？）

啊，我沉迷于无边的、神秘的欢乐的漩涡！
啊，野性的渴望，热情似火！
（我的孩子，我要向你们叙说，
新婚燕尔，我有理由向你们叙说。）

啊，我要把自己献给你，
愿你也献出你自己，哪管世间的风雨！
啊，让我们回到伊甸园去！
娇羞、温柔的你！
我要把你拉进怀里，
第一次将一个意志坚定的男子的吻送给你。

啊，困惑的谜团、一道道的绳索、黑魆魆的深渊，
而今解开了锁链，光亮出现！

最后终于来到了一个地点，有足够的空气、足够的空间！
你我都摆脱了锁链，摆脱了清规戒律的羁绊！
以前我们对大自然的美丽景观冷漠淡然，
现在要换眼光，重新看一看！
解除禁锢，让人们畅所欲言！
无论今天还是哪一天，都感到意足心满。

啊，万般事物在等着答案！
万般事物朦胧如梦幻！
做人行事需彻底冲破禁锢和栅栏！
自由自在地驰骋吧！要爱就无遮无拦！
向前冲，要勇敢，要不畏艰险！
明知山有虎偏向虎山行，笑对灾难！
我飞向天空，飞向爱的田园！
我腾空而起，有如痴如醉的灵魂相伴！
假如这是命运的安排，我情愿魂销命断！
有片刻的充实和自由，余生无憾！
疯狂和欢乐吧，哪怕是短短一刻间！

来自于茫茫人海里的一个水滴

一个水滴来自于茫茫人海里，
轻声低语对我说：我爱你，但我不久就要死去，
我不远万里来这儿只是为了看看你、摸摸你，
因为我不甘心未见你就死去，
生怕身后会将你失去。

现在已经相见，没有了顾虑，
亲爱的，请你安心回到人海里去，
我也是那儿的一个水滴，
咱们没有被完全分离。
你看那巨大的宇宙，它浑然一体，
各处都连接在了一起！
但至于我和你，
眼前的大海不可抗拒，它将咱们隔离，
一时间让咱们各奔东西，
不过说分离也非永远分离——
别着急，这仅是一时半会儿的分离，
亲爱的，每天金乌坠地，
为了你，我都要向天空、海洋和陆地祈祷敬礼。

岁月悠悠，生命绵绵不息

岁月悠悠，生命绵绵不息，
不可摧毁，永远徘徊在大地，
情欲勃发，崇拜阳具，歌颂那原始的雄壮的生殖器，
我把亚当的颂歌唱起，
穿过西部新建的伊甸园，向宏伟的城市致意，
心里狂涛骤起，为未来奏响序曲，
献上我的诗和我自己，
让欲望为我自己以及我的颂歌洗礼，
将我的生殖器当祭礼。

太久太久，我们被蒙在鼓里

太久太久，我们被蒙在鼓里，
而今如梦方醒，箭一般逃离，似风和雨，
我们本身就是大自然的草木，长时间别离，
现在返回故里，
化为花草，化为树干、树叶、树根和树皮；
我们是岩石，扎根于大地里；
我们是橡树，肩并肩生长在林中空地；
我们是野牛，在野牛群里，
逐草而食，遵循着自然规律；
我们是鱼儿，并排游于大海里，
我们就像洋槐的花朵，不分晨昏把芳香撒在巷子里；
我们也可以是动物、植物或矿物这些难登大雅的东西；
我们是雄鹰翱翔天际，从高空俯瞰大地；
我们是灿烂的太阳，是彗星，有着平衡的轨迹；
我们是林中的猎食者，獠牙，四足，见了猎物便凶狠地扑上去；
我们是浮云，午前午后飘浮在天际；
我们是汹涌的大海，是快乐的浪花，你拥抱我，我拥抱你；
我们是空气，透明、柔和，易入里，也难入里；

我们是雪，是雨，是寒冷和黑暗，是地球的各种东西，

是地球的各种力；

我们云游四方，浪迹天涯，最终回归故里，

心境澄空，只留下自由和欢愉。

天真时刻

这可是天真时刻，你我相逢于这里，
啊，欢迎你来这里！
你可要让我享受这纵欲的欢愉，
让我激情澎湃，快活一把，哪怕粗俗、鄙俚；
今天白日我要陪伴大自然的宠儿，也陪伴他们于夜里，
我赞成及时行乐，纵情欢愉，
深更半夜喜欢跟年轻人泡在一起，
与舞者起舞，与畅饮者干杯不息，
难以入耳的喊叫声回荡在四下里；
我将一位狂徒视为知己——
我无视法律，放荡不羁，
而他恶行累累，遭众人鄙夷；
我不会再装模作样，把我的伙伴回避！
啊，朋友，他人嫌弃你，至少我不把你嫌弃，
我和你在一起，将为你写诗句，
我不选择他人，宁愿选择你。

一次，我经过了一座人烟稠密的城市

一次，我经过了一座人烟稠密的城市，将它印在脑海里——
它的外貌、建筑以及传统习俗，作为长久的记忆。
而现在，关于那座城市，只有一位女子留在了我的记忆里，
我们偶然相遇，她用爱叫我难以离去，
日日夜夜我们在一起，
别的情节早已忘记，只记得那女子感情热烈地将我抱在怀里，
我们徘徊、徜徉在爱河里，最后却要分离，
她紧紧拉住我的手，不忍我离去，
只见她依偎着我，默默无语，
芳唇颤抖，伤心不已。

庄严、悦耳的管风琴声在我耳畔鸣响

上个星期天的早上路过教堂旁，
一阵庄严、悦耳的管风琴声在我耳畔鸣响；
秋风萧瑟，暮色苍茫，
在林中我听到秋风那长长的叹息，那么忧伤；
歌剧院里，意大利的男高音歌声悠扬，
四重唱里的女高音莺声绕梁；
亲爱的人儿啊，我也听到了你的絮絮低语——
你用手勾住我的脖子絮絮低语，
昨夜万籁俱寂，
只听见你的脉搏在跳动，似小铃铛响在我的耳朵里。

青草幽幽

在人迹罕至的小径上

在人迹罕至的小径上，
水塘旁青草盛旺，
逃离浮华的生活，将所有的清规戒律抛至一旁，
放弃荣华，放弃欢乐场，远离公众的规章——
为了满足欲望，这一切叫我留恋太久长；
现在明白了无形的人生标准，明白了灵魂的愿望——
我为之代言的灵魂在这儿欣喜若狂；
我独自一人在这儿，远离人群的喧嚷，
此处只有花语花香；
我不再害羞语塞，（因为这是一个与世隔绝的地方，
我放大胆说话，而在别处却两样；）
我深感这样的日子不奢华，而意味深长，
决定今天不歌颂别的，只歌颂一个男子的依傍，
让歌声在充实的生活中飞扬，
告诉后人不要将健康的感情遗忘——
我，四十一岁，在九月的这个惬意的下午敞开心房，
对年轻人们把话讲，
把白天和黑夜的秘密都对他们讲，
让友谊地久天长。

不管你是谁，请别抓住我不放

不管你是谁，请别抓住我不放，
没有感情，其他的都是虚妄，
我向你敲响警钟：别一意孤行！
我并非你想象的那样，而是大相径庭。

谁愿意追随我同行？
谁愿意作为候选人，以获得我的感情？

前行的路疑团丛生，结局难以确定，也许还会是灾难性，
你必须放弃一切，仅仅将我一人选中，
你的考验期甚至会很长，折磨人的心性；
你过去的价值观以及生活习惯都将被遗忘，
劝你还是把手放，免得又心伤，
让你的手离开我的肩上，
你走一方，我走一方。

要不然咱们就幽会于树林间，
或者到野外的岩石后边，

（我不愿进任何房屋里边，
也不愿有人在跟前；
在图书馆，我像傻瓜一样默默无言，
似死人一般；）
也有可能我和你站在高山之巅，
将周围几英里的范围收入眼帘，
看是否有人悄悄来到跟前；
或者跟你一起航海扬帆，
或者登上宁静的小岛，徜徉于海滩，
此处任凭你将吻印在我的唇上边——
那是新婚之吻，或一个吻献给伙伴，
因为我既是新郎又是伙伴。

假如你愿意，就把我盖在你的衣襟下边，
那儿可以感受到你的心跳，可以将手放在你的臀上边，
你带着我越海翻山，
只要紧挨着你，我就意足心满，
只要紧挨着你，我就安静地睡眠，
你携带着我，永远永远。

但怕只怕读这些诗行会冒风险，
怕你读不懂我，读不懂诗的内涵，
起初有难点，以后会更难，
将来要理解我肯定会难上加难，
即便你觉得稳操胜券，将我留在了身边，
也会发现我消失不见。

我并非为写诗卷而写诗卷，
并非让你一看就能把诗意看穿；
哪怕你对我了如指掌，崇拜我和把我颂赞，
也不能把诗意看穿，
哪怕你渴望得到我的爱，也无法如愿，
（除过极少数的几个不谈；）

我的诗卷并非只有益，也有害处在里边，
也许害处还要多一点，
诗行中将隐喻包含，
你屡猜不中很遗憾，一切都是枉然，
如此劝你丢下诗卷，
走你的路，继续往前。

啊，为了你，民主！

看吧，我要让美洲大陆坚如磐石一样，
我要让生活在阳光下的美国人壮丽辉煌，
我要让这神圣的国土令人神往，
让它充满友谊之爱，直至地老天荒。

在美利坚的河岸上、湖畔上以及草原上，
我要栽植友谊之树，让它们遍布四方；
我要让城市与城市拥抱在一起，无分离之伤，
用友谊之爱做纽带，让坚实的友谊之爱做拥抱的臂膀。

啊，民主，我为你奉献这些诗行，
啊，爱人，为了你啊为了你，我激动地把赞歌唱。

春天里我放声歌唱

春天里我放声歌唱，唱这些献给爱人的诗行，
（除过我，又有谁能了解他们，
了解他们的快乐与忧伤？
除过我，又有谁能为伙伴们写诗章？）
为创作诗章，我游历四方，
经过花园，在花园外徜徉，
接近水塘，把水蹚一蹚，不怕水湿衣裳，
再走到栅栏式的篱笆旁，
那儿堆着碎石，碎石捡自田间垄旁，
（野花、藤蔓和杂草在石缝间生长，
覆盖在石堆上，
我经过石堆，走向前方；）
钻进森林，向远方，走向远方，
夏天则在林中胡乱游荡，
也不知自己要到什么地方；
独自一人，嗅一嗅泥土的芬芳，
时而驻足，在宁静中欣赏；
我以为是独自一人，谁知不久又有多人聚集在身旁，

有的跟在身后，有的在我两旁，
有的挽胳膊，有的则将胳膊勾在我脖子上——
他们是好友的灵魂，有的已亡，有的仍活在世上，
人越聚越多，汇成人的海洋，将我团团围在中央；
我创作诗章，边分赠，边歌唱，与他们一道徜徉，
不时取一样纪念品，抛给近旁的人分享，
或是松枝，或是紫丁香，
或者从衣袋里掏出一点苔藓，那苔藓采自一棵常绿橡树上——
橡树生长在佛罗里达，身上覆盖着苔藓外装，
或是一段香石竹、几片桂树叶，抑或一把鼠尾草把纪念品充当，
——这些可是我捞自于水塘，
是我在蹚水时所得到的宝藏；
（啊，我最后一次看到他，就是在这里，
他爱我，温情旖旎，
而今他又回来，再不会和我分离；
啊，就用这些东西象征友谊，
愿年轻人交换青草根作为记忆，
愿记忆永不逝去！）
还有那枫树枝、野柑橘和板栗，
再加上几枚浆果、几朵梅花和雪松枝——那雪松枝芳香四溢；
灵魂们里三层外三层将我裹在中央——
我游游荡荡，摸摸这个东西，指一指那个方向，
不时将纪念品抛给他们分享，
一边把纪念品的名称告诉他们，让每个人都有东西分享，
不过对于从水塘里捞出的宝藏，
我却要保留在私囊，
只赠给一些人——那些人爱我跟我爱他们一样深长。

草根和树叶存身一方

草根和树叶存身一方，
荒林和池塘旁飘来阵阵芬芳；
爱是酸模，是香石竹，它有指掌——
缠绕住你，比藤蔓还要有力量；
林中的枝叶间，鸟儿放声歌唱，
旭日升起在东方；
微风起自生机勃勃的岸上，
把爱带到生机勃勃的海洋，
为你们这些水手把爱献上！
严冬即将过去，白霜催熟的浆果和三月的嫩枝一片清香，
让野外游玩的年轻人们心旌摇荡；
不管你是谁，眼前和心里都有爱的蓓蕾等待开放，
它们的开放一如往常——
给了它们太阳的温暖，它们就开放，
千姿百态、姹紫嫣红，还有那四溢的芬芳，
如你甘心把养料和水分充当，
它们就将花、果、枝和树一起献上。

熊熊燃烧的火焰比不上

熊熊燃烧的火焰比不上，
此起彼伏的海浪比不上，
那甜甜的、干干的空气比不上
——那是仲夏的空气，
空气中，携带着无数种子的白绒球在轻轻飘荡，
荡荡悠悠，优雅大方，不知落在何方，
这些都比不上，没有一个能比得上，
比得上爱情之火燃烧在我心房，
均不如我对他的爱那么强，
也不如我如此执着，奔走四方——
潮水在奔忙，在寻找，决不放弃希望，
我也一样；
啊，白绒球、芬芳的气息和雨云在空中飘荡，
我的灵魂何尝不是一样，
在空中飘啊飘荡，
亲爱的，为了寻找友谊，为了寻找你，
我的灵魂驾着风飘向四面八方。

在路易斯安那，我看到一棵常青橡树在生长

在路易斯安那，我看到一棵常青橡树在生长，
它孤零零，苔藓挂在树枝上，
它没有伙伴，结出的深绿色叶子发出欢乐的光，
它粗壮、倔强、精力盛旺，叫我把自己联想；
不过，我纳闷：它没有朋友在近旁，
叶子怎么可以发出欢乐的光？
我情知自己不能这样；
我折下一根树枝，带着几片叶子在树枝上，
又把一些苔藓绕上，
将它拿回屋里，置于看得见的地方；
我并不需要它作为纪念品，把好友念想，
（近来我觉得自己除过好友，别的什么都不想，）
而只是把它作为一种奇特的标志充当，
它令我将男性之间的爱联想；
在路易斯安那一块空旷的地方，
那棵常青橡树在生长，叶片发出欢乐的光，
却终生无一亲友在近旁，
我情知自己不能这样。

致一个陌生人

过路的陌生人啊！你可知我是怀着多么强烈的渴望在看着你，
你八成就是我在寻觅的人——男或者女，
（我们相遇在梦境里，）
咱们一定在一起度过了一段快乐的时光——我和你，
咱们擦身而过时，勾起了回忆——
似溪水，带着热情、纯洁和成熟的情谊；
你和我一起成长——昔日的男孩或少女，
你我同吃同住，彼此不分我和你，
路上相遇，你的眼睛、脸蛋和肉体叫我欢愉，
而我的胡须、胸膛和双手向你致意；
我无法跟你交语，
唯有独自一人时，或夜间醒来，心里想想你；
我耐心等待时机，
坚信一定还会遇见你，
那时我会做出努力，不会再把你失去。

张 望

冬夜已深，目光穿过座位间的缝隙张望，
只见工人和车把式围坐在酒吧间的火炉旁，
而我坐在墙根，一个没人注意的地方，
一个爱我也被我所爱的小伙子默默过来坐到我身旁，
要将我的手握在他的手上；
人们来来去去，觥筹交错，说脏话，开下流玩笑，一片喧嚷，
这样过的时间很长，
我们俩在一起感到满足、幸福，不太把话讲，
也许连一句都没有讲。

把手拉手的现象颂赞

把手拉手的现象颂赞，
颂赞你们这些举止自然的老年和青年！
你们在密西西比河上出现，
出现在该河支流的河畔及港湾！
你们这些友好的船夫和技工啊！你们这些粗汉！
愿你们俩手拉手！愿街上的人都手拉手向前！
但愿我融化于你们中间，
愿只愿手拉手的现象处处可见。

致东方和西方

致东方和西方，

致滨海一州和宾夕法尼亚一方，

致北方的加拿大，也致我所喜欢的南方，

带着坚实的信任献上这些诗行——

抒发你的情感，如抒发我的一样，

萌芽在所有的人心里生长；

我坚信合众国的愿望，

就是缔造一种前所未有的友谊，至高无上、固若金汤，

我看到它在等待，在酝酿，

潜伏在所有人的心上。

在人流中间

在男男女女汇成的人流中间，
只见有个人偷偷将我看了一眼——
那一眼妙不可言，
谁都不看，不看父母、配偶、兄弟和孩子，只把我看，
他人不解，而那一眼却不然，
显然将我的心思看穿；
啊，爱情，完美，平等相看！
茫茫然，你氤氲之中将我发现，
再次相逢，我也会在人流里把你发现——
如此这般。

大路之歌

一

一抬腿，我踏上了大路，心情舒展，
健康、自由，整个世界在我的眼前，
棕色的路长长的，引我向前，
到哪儿随我的愿。

从此我不再寻求“美满”，我本身就是“美满”，
从此我不再啜泣，不再拖延，不再需要什么别的心愿，
走出室内，告别埋怨和无休止的责难，告别图书馆，
浑身充满力量，意足心满，沿大路向前。

有了大地，我意足心满，
并不想把那些星星附攀，
它们高高在天，那儿是它们的乐园，
我知道它们对自己的境况意足心满。

瞧我背负可爱的铺盖卷，
人世间的男男女女啊，我背负着铺盖卷，
到哪儿都随我的愿，

我发誓绝不会抛掉铺盖卷，
我因它们感到意足，我也要它们觉得心满。

二

踏上路，我眼望四方，
坚信还有更远的路在远方，
坚信还有许许多多看不见的现象。

路上，有深刻的教训应该吸取——不偏袒、不贬低，
卷发的黑人、罪犯、病人、文盲——不能贬低；
婴儿出生，匆忙去寻医，
乞丐流浪，醉汉迈着蹒跚的步履，一群技工欢声笑语，
年轻人逃离家乡，富人乘坐高车驷马，还有那纨绔子弟，
以及那私奔的男女，
赶集人去赶早集，也见灵柩之车和马车往城里运送家具——
马车运完家具，便登上返回之旅，
这里是大道通衢，人群来往，我也经过这里，
车水马龙，毫无阻抑，
我将一切尽收眼底，所有的一切都将是珍存的记忆。

三

空气啊，是你给了我气息，使我能说出话语！
景物啊，是你们留住了我的意识，赋予它们以形体！
阳光啊，是你沐浴了我和万物，似普降的吉祥雨！
还有大路旁那条条小径，被踩得坑洼不齐，
我坚信你们潜藏着看不见的生命力，
我要把你们珍存在心里！

城里的人行道曲曲弯弯！
结实的石头作为马路的镶边！
渡船、码头上的踏板和旗杆，
水边镶着栏杆，还有那远方的船！
一排排的房屋，前墙上有窗户镶嵌，
房顶盖在上边！
看那门廊、入口、山墙和铁栅栏！
一扇扇窗户明明亮亮，一望能望见屋里边！
门扇、石阶、拱门，灰石铺就的人行道似无尽端，
十字路口行人不断！
所有的一切都有所感，
并将感动留在了心间，
而今要悄悄向我叙述，让我有同感——
它们虽一脸冷漠，看到的人却有千万，
有的仍活着，有的已离开人间，
其精神豁然，显得是那么友善。

四

大地向两边扩展，
景象生动，一草一木都光辉灿烂，
乐声入人耳，不想听时则消散，
大路上欢声笑语不断，
清新、快乐的情绪到处弥漫。

啊，脚下的大路啊，你是否说：不要离开我身边？
你是否说：别这样干；假如你离开，就会迷乱？
你是否说：我已经做好了打算，
我千锤百炼，不容小看，一定要随我向前？

啊，大路啊，我的回答是：我并非害怕离开你身边，
但我的确把你迷恋，
你比我更能叙说内心的心愿，
对我而言，你比我的诗歌意义更为深远。
我想英雄的业绩完成于广阔的空间，
自由之诗也应该在这儿成篇；
我想自己能够在这儿将奇迹创建；
我想我会喜欢路上的所闻所见，
而行人们会把我喜欢；
我想我所见到的人一定会把幸福留在心间。

五

从今往后，我要命令自己摆脱羁绊，
跨过想象中的界限，
完全彻底当家作主，到哪儿都随自己的心愿，
听一听他人的话语，仔细斟酌一番，
停一停，看一看，一边吸收，一边浮想联翩——
我的心愿温和，但不容置辩，
一定要摆脱束缚我的锁链！

我把广大的世界装在心间——
东方和西方属于我，北方及南方也是我的地盘。

想不到我的心胸如此开阔、绚烂，
不知道我竟有这么多的优点。
我觉得四周风光无限，
一遍又一遍对人们说：大家对我行善，
我也要对你们行善，
为了你我，一边走一边将美德播散，
我要融入男男女女中间，
撒一把“喜悦”和“狂欢”，
谁要是拒绝了我的美意，也不会叫我心烦，
而接受了我的美意就是接受了我的祝愿，
同时也会对我声声祝愿。

六

假如有一千个完美的男人出现在眼前，我不会愕然，
假如有一千个仪态万方的女人出现在眼前，我也不会愕然。

我已了解了秘诀，知道了如何将优秀的人才训练，
那就是在广阔天地里成长，与大地同宿同餐。

创建丰功伟业，这儿有广阔的空间，
（这样的伟业叫天下所有的人都一心企盼，
它散发的威力和意愿会扫清清规戒律的阻拦，
叫所有的权威人士赧颜，
推翻一切相反的观点。）

这儿，可以对智慧进行考验，
智慧并非只在学校里证验，
智者不能把智慧播撒在缺乏智慧的人心间，
"智"是灵魂之"智"，
唯有它自身能将它证验，
不分阶段、物件和品质，只求圆满，
对事物的现实性、不朽性和优越性进行证验，
在可见的浮现在眼前的事物中寻找灵魂的闪现。

我要对哲学和宗教重新来一次检验——
它们在教室里很灵验，
而在满天的白云下、草木间和潺潺的溪水边，

它们根本不灵验。

这儿只有“实现”。
在这儿，可以对一个人进行检验——
让过去、将来、尊严和爱情浮现，
假如你没有这一切，
那就是空谈。

每件事物，唯其核心才具有丰富的内涵；
是谁为你我推本溯源？
是谁为你我剖析原理、解开谜团？

这儿有一种现象叫“依恋”，
以前无人研究，其实已经出现；
你可知：你路过某地，可能被陌生人爱恋？
你可知：那些目光追随你的人有什么样的言谈？

七

灵魂之光在这儿闪现——
经过树荫掩映的人家，一线光从灵魂内部闪现，
将一些疑问提出在面前：
为什么有这样的期盼？
黑暗中为什么有这样的欲念？
跟一些男女在一起，阳光为什么会让我心起波澜？
离开他们，为什么我那欢乐的旗帜会倒下、疲软？

有些智慧之树，我并没有走到它们的跟前，
为什么它们将宏伟、美好的思想向我呈现？
（那些思想大概不分寒暑总挂在树上边，
见了路人，就把智慧之果呈献；）
突然遇见生人，我用什么和他们交换？
坐在车夫的旁边，我用什么和他交换？
海岸边，见渔夫拉网，便驻足观看，
我用什么和他交换？
为什么我愿意接受别人良好的意愿？
为什么他人愿意接受我的良好意愿？

八

灵魂之光的闪现是“幸福”——幸福就在这边，
它八成在广阔的空间弥漫，
每时每刻都等待在这边，
现在来到我们身边，将我们的全身传遍。

于是便产生了奔涌的感情和留恋，
散发出男人和女人的清新和香甜，
（这种清新和香甜缕缕不断，
胜过清晨草木散发出的那种清新和香甜。）

对于感情和留恋，一个人需要用爱情的汗水浇灌，
不管是青年还是老年，
从此有一种神秘的力量出现，

敢笑花容月貌，也将辉煌的成就看不上眼——
对它我们心怀战栗的渴望和热烈的企盼！

九

来吧！不管你是谁，愿你和我同行！
和我同行，你会看到不衰的美景。

大地就是一幅不衰的美景——
它不修边幅、默默寡言，起初让人理解不清，
大自然也不修边幅、默默寡言，起初让人理解不清，
但你别灰心，请继续前行，
前方氤氲着圣洁的美景，
我发誓那圣洁的景色美丽得用语言难以形容。

来吧！我们不该停留在这里，
无论饭多么香、水多么甜，有多么方便的歇脚地，
我们都不能留在这里；
不管这港湾是否能避风，海水是否静谧，
都不能将航船停泊在这里；
无论此处怎样热情好礼，
我们也只能作短暂的休憩。

十

来吧！前方有着无限的吸引力，

我们将航行在帆影绝迹的荒海里，
扬基船乘风破浪，把风帆鼓起，
飞速驶去。

来吧！这儿有力量、自由、花草和大地，
有健康、欢乐、自尊，有对旧的蔑视，对新的好奇；
来吧！让“千篇一律”见鬼去！
让“千篇一律”见鬼去，
你们这些短见的、盲目崇拜的僧侣。

腐烂的死尸堵住了去路——葬礼不能再等下去。

来吧！但要将告诫记在心里！
随我行者须有热情，有强健的体魄和耐力；
除非有健康和勇气，
否则就经不起暴风雨；
假如你已经损形坏体，
就不要来这里——
同行者必须身体结实、性格坚毅，
不允许有酒鬼、嫖客和染病之躯。

（我们证明自己用的不是辩论、诗歌和比喻，
我们证明自己用的是实力。）

十一

请听我说！我要对你以诚相见，
不说陈旧的顺耳的语言，
只说刺耳但清新的语言——
已经到了时间，必须将以下的事情实践：
绝不将所谓的财富聚敛，
而是仗义疏财，把得到的财物播散，
抵达一座注定要去的城市里边，
未及安顿盘桓，听一声召唤，
便又把路赶，
将一片讥笑和嘲讽声抛在身后边；
不管你见到爱情会有什么样的表现，
你只能以离别时的热吻作为答案，
决不允许握紧伸过来的手，一味缠绵。

十二

来吧！让我们跟随伟大的“旅伴”一路向前，
让我们成为他们当中的一员！
他们也在旅程之中，脚步快，表情庄严，
他们是最优秀的巾帼和儿男，
大海的风平浪静和暴风骤雨令他们欢乐无限，
他们在海上驾驭风浪，在陆地则是跋涉千里的英雄汉，
有的来自遥远的国度，有的来自远方的家园；
他们让男男女女都信服，观察着城市的发展，

默默把劳动奉献，

赏花阅草，也把海滩上的贝壳留恋，

舞场上舞姿翩翩，亲吻新娘，

柔情帮助孩子们，自己也育女生男；

他们当中有士兵，参加造反，

默哀于坟墓旁，将亡者的棺木放入坟坑里边；

冬去春来，一年又一年，

那一年过去，这一年出现，

不同的阶段，结识新的旅伴；

旅途开始于懵懂期的摇篮，

经历欢乐的青春，长出胡子，成为顶天立地的男子汉，

同行的女性丰润，无与伦比，一个个意足心满，

桑榆之年景色壮观——无论是女还是男，

老年人宁静、开朗，心胸似宇宙广阔无边，

日子潇洒、闲散，

心怀甜蜜的感觉等待升天。

十三

来吧！我们的旅途无起点无终点，

历经艰辛，白天行，夜晚眠，

把一切都融于旅行中间——这就是我们的心愿，

日思夜想的心愿，

伟大的旅行一开始就要将一切融于中间，

什么都不看，

只看要抵达和经过的地点，

不考虑时间，不管路有多远，
只考虑要抵达和经过某一点的时间，
不东张西望，只看眼前——
大路蜿蜒，在等着你向前，
不管大路多么长，它都在等着你向前；
不看任何人，哪怕是上帝也不看，只顾向前，
不是自己的财产，不要去贪占，
凡是没有付出劳动或金钱的东西都不贪不占，
你享受的是整个盛宴，而非一碟一碗，
要享受农夫田间的丰产、富佬精美的宅院、美满夫妻的纯洁祝愿，
以及果园里的果实和花园里花的灿烂；
经过人烟稠密的城市，把美记在心间，
走遍天涯海角都不忘那街道和楼阁宫殿；
与人相逢于旅途中间，
吸取对方大脑里的智慧，而友情则采自于他们的心田，
尽管将他们留在了身后，前行时却将友情带在了身边；
要知道宇宙本身就是一条路，许许多多的路遍布人间，
引导着灵魂一路向前。

灵魂阔步向前，而所有的一切都让在一边——
灵魂沿着宇宙的大道向前，
什么宗教啦、艺术啦、政治啦和万般物件，
这个星球或任何其他星球上的一切物件，
全都躲进旮旯拐角和壁龛。

男男女女的灵魂沿着宇宙的康庄大道向前，

所有的一切都是陪衬，为之提供一饮一餐。

他们永远生龙活虎，永远向前——
其中有庄严肃穆、气馁忧伤，有困惑和疯癫，
有烦躁不安，有怯懦和不满，
有绝望、温情、傲慢，有病残，
有招人喜欢，有令人讨厌，
但所有的人都在向前！
他们在一直向前！
虽不知他们要到哪个地点，
只知他们要去的地方极其美好、极其明艳。

不管你是谁，请跟我向前！
不要躲在屋里睡觉，不要浪费时间——
哪怕房屋是你亲手所建，抑或他人为你所建。

从黑暗的空间出来吧！不要躲在帷幔后边！
口出怨言也枉然，我了解内情，要将一切揭穿。

对于你以及他人，我一眼就看得穿——
看见那欢笑、舞蹈、饮宴，
那华装艳服、珠光宝气和洗得光鲜的脸面，
其中将绝望和默默的反感隐含。

丈夫、妻子、朋友不值得信任，不能对其吐真言，
人人都有两副脸面，人人都躲躲闪闪，

走在街道上似无形体，默默无言，
客厅里看似彬彬有礼，实则敷衍；
火车的车厢里、汽船上以及公众集会间，
还有家里的餐桌旁、卧室里，抑或别的地点，
都可见衣冠楚楚的人笑容满面，挺直着腰杆，
其实心怀鬼胎、三刀两面，
全靠呢衣、手套、丝带和饰花遮掩，
表面文章做足，不吐一句真言，
说话地涌金莲，实际并不着边。

十四

来吧！让我们经历斗争的考验和战争的硝烟！
目标已经设定，不容无功而返。

以往的斗争是否经受住了考验？
经受住了考验？你自己？你的国家？大自然？
现在听我谈一谈：
任何事物的成功，就其本质而言，
努力奋斗比成功本身更值得称赞。

我的呼唤是战斗的呼唤，
要将积极的精神培养在心间，
跟我同行就要有吃苦的打算，
要饿肚子，和贫穷相伴，
会遇见暴怒的敌人，也会有逃兵出现。

十五

来吧！大路就在前边！
没有危险——我已做过实验，
双脚踏在了上面，
所以不要再拖延！
就让白纸留在桌子上吧，不要将文章写撰！
就让书放在书架上吧，不要阅览！
就让工具留在车间！
有钱也不要去赚！
不要理睬学校，不要理睬老师的呼唤！
不要去听牧师布道于圣坛！
不要到法庭听律师的申辩和法官依法宣判！

伙伴啊，我把手伸向前！
我给你的友谊胜过金钱，
给你的一颗心胜过说教空谈。
你是否愿意把你的心奉献，
是否愿意做我的旅伴？
你是否愿意守在我身边，终生无憾？

穿过布鲁克林渡口

一

脚下是滚滚的河流！我看到你就在眼前！
西边云霞满天，夕阳还有半小时就要落山，
我看见了你——面对面。

一群群的女和男均是平日的打扮，
我却觉得惹人眼！
搭乘渡船回家的人成百上千，
我觉得异常惹人眼——
你都不知道有多么惹人眼，
一年又一年，从此岸到彼岸，
留在我的记忆中，留在我的心间，
你都不知道有多么惹人眼。

二

时时刻刻，我融入周围环境里，无人注意——
这是一个简单、紧凑、衔接得很好的结构体，
你我均可从中分离，
却又是从属于结构的分体，
有着类似的未来，有着类似的过去，
行走在大街上和坐在渡船里，
眼中看到和耳里听到的都是辉煌壮丽，
一情一景如明珠光彩熠熠，
河水滔滔湍流急，带着我向远处漂去，
他人会随在我身后渡过河去，我跟他们之间有着联系——
那些人必然有自己的生活、爱情、视力和听力；
他们将走进渡口的大门，离开此岸到彼岸去，
眼观河水滔滔东流去，
将看到西北方曼哈顿的轮船来来去去，
将看到东南方布鲁克林的高地，
以及大大小小的岛屿；
五十年过后，渡口的乘客还会看到这些征迹，
看到夕阳还有半小时就要落下天际，
一百年过后，或数百年过后，这些情景仍会出现在乘客的眼里，
他们将欣赏夕阳，欣赏大潮的泛起，
还欣赏退潮时海水滚滚奔回海里。

三

时间和地点隔不断，千山万水也隔不断我和你们的联系，
我和你们在一起，你们这些男男女女，
哪怕千秋万代我都和你们在一起——
你们仰望长空，看大江东流去，感慨不已，
我也感慨不已；
你们置身于生机勃勃的人群里，
我也置身于人群里；
你们观赏欢腾的河水以及亮晶晶的波流，心旷神怡，
我也心旷神怡；
你们倚在渡船的栏杆上，随急流漂去，
我也随急流漂去；
面对轮船那数也数不清的桅杆以及蒸汽船粗大的烟囱，你们放眼望去，
我也放眼望去。

许多次，我渡过河去，
观看十二月份出现的海鸥翱翔在高空里，
翅膀一动不动，身体微微战栗，
看到黄黄的阳光照亮它们一部分的身体，
而其他的部分则隐没在浓浓的阴影里，
看到它们慢慢地兜圈子，逐渐向南边移去；
看到夏日的天空将映影留在水里，
但见光彩闪闪，照得我两眼迷离；
望一眼阳光普照的水面，但见我的头的映影笼罩在光晕里，
那光晕一圈圈呈离心体，煞是美丽；

眺望南方和西南方，那儿的群山笼罩着雾气；
再望一望轮船的蒸汽，
那蒸汽白白的，掺一点紫色，飘浮在空气里；
向远处的海湾望去，
但见有船只驶向那里，
看着船只由远而近，到身边时瞧见有人在船里，
还看见纵帆船和单桅小帆船的白帆，看见轮船停泊在港湾里，
水手们在工作，有的骑在栏杆上，有的整理索具，
可看见圆木桅杆、微微晃动的船壳和蛇一样细的三角旗；
大大小小的轮船来来去去，
领航员在操舵室里，
船只驶过去后，白色的浪花翻起，
轮轴飞转，转动时微微战栗；
各国的旗帜迎风飘扬，日落时便降下旗，
波浪翻滚，有的呈扇贝形，有的像长柄杯，而浪峰嬉戏，很是顽皮，
朵朵浪花闪耀在暮色里；
远处的陆地逐渐黯淡，变得黑魆魆，
逐渐变黯淡的还有船坞旁花岗岩库房的灰色墙壁；
河面上影影绰绰，硕大的蒸汽拖船与平底船紧靠在一起，
与干草船以及迟来的驳船紧靠在一起，
附近的岸上，铸造厂烟囱里火苗蹿起，
将刺眼的光射向夜空里，
那疯狂的红黄相间的光与闪烁的黑影形成对比，
落在房顶上和街道的旮旯拐角里。

四

对我，往事如烟，你们也有同样的回忆，
我对那些城市有着深情厚谊，
对那条壮观、湍急的河流也有着深情厚谊，
萍水相逢的那些男男女女跟我十分亲密，
其他人也同样亲密——
他们频频回首看我，因为我把目光向他们投去，
（我将广交朋友，但今日今夜歇宿在这里。）

五

又有什么能把你我阻断？
难道几十年或几百年就能阻断？

无论是什么都阻不断，
哪怕是万水千山，远在天边；
遥想当年，群山巍峨的布鲁克林曾是我的家园，
漫步于曼哈顿岛的街头，在周围的海水里嬉戏游玩，
一些奇怪的念头会突然涌现在心间——
白天行走在人群间，它们会涌现，
夜晚归家途中，或上床睡眠，它们会涌现，
想到自己也是永远漂浮在大千世界中的一员，
我的身体就是我的证件，
从中我能了解自己的将来和以前。

六

黑色的阴影不仅投射在了你一人身上，
也投在了我的身上，
我竭尽全力，说辞却显得空洞，让别人迷茫，
自以为是伟大的思想，
实际却是贫乏的思想。
并非你一人了解“邪恶”是什么样，
我也知道它的模样，
也曾有过难解的结和创伤——
吹牛、躁怒、怨恨、偷窃、妒忌、撒谎，
有不敢言明的狡诈、愤懑、肉欲和疯狂的愿望，
任性、自负、贪婪、肤浅、狡猾、怯懦、蛇蝎心肠，
性格中不乏豺狼、毒蛇和蠢猪这般比喻形象，
两面三刀，言语轻薄，内怀淫荡的欲望，
推诿、仇恨、拖延、懒惰——不缺一样。
说来和众生一个样，
一样度日月，一样游历名利场；
当我接近年轻人或走过他们身旁，
他们会直呼我的名字，声音清晰、响亮，
他们将胳膊搭在我脖子上，
或者把身体贴在我身上；
街上、渡船上或公众集会上，
我和许多人没有说过话，却把他们留在了心上，
同其他人一道度时光，
同样有伤心事，同样入梦乡，

人生如戏，而我就是演员在台上，
角色随我等所愿，要多辉煌有多辉煌，
或者演卑微的角色，要不就“辉煌”和“卑微”一人承当。

七

我在走近你身旁，
你对我情深，我对你意长，
我早已把你放在了心上，
我久久思念你，把你想——
那时你还未来到世上。

有谁知道我内心的忧伤？
有谁知道我的欢畅？
有谁知道：我在远处把你欣赏，
而你看不清我的模样？

八

啊，有什么能比桅杆林立的曼哈顿港湾更为壮观，
更令人赞叹？
有什么能比得上那河流、落日和涨潮时分扇贝形的波澜？
有什么能比得上那振翅高飞的海鸥、暮色里的干草船，
以及那姗姗来迟的驳船？

有什么天神能比得上那些青年——

我走上前，他们握住我的手，把我的名字呼唤，
声音清晰、响亮，让我喜欢。

无论是女还是男，望着我的脸，
还有什么比我跟他们的感情更缠绵？
正是那感情让我融入了你心间，
将我的情意注入了你的心田！

你我不是已经心照不宣？
我并没有山盟海誓，你不是已经接受了我的情感？
靠闭门研究和空谈恐怕难以实现这一点，
是不是这般？

九

大河啊，愿你奔流不息！
大潮滚滚泛起，又滚滚退去！
扇贝形的波浪啊，你就尽情地游戏！
日落时的彩霞是多么美丽！
愿我以及我的子孙后代都能把你的光华沐浴！

难以计数的乘客乘渡船从此岸到彼岸去！
曼哈顿港湾的桅杆高高耸立，
布鲁克林的群山巍巍壮丽！
一颗心怦怦跳动，充满了困惑和好奇！
提出了问题，也找到了道理！

请你留在这里，愿你弥漫大地，永远流动的空气！
充满了爱和渴望的眼睛，请你望一望四下里，
无论是在屋里、街上还是参加公众会议！
年轻人啊，让你们的嗓门高高扬起，
直呼我的名字，声音响亮，如飞泉鸣玉！
生活吧，让生活继续下去！
承担起你的角色——人生如戏！
将你的角色承担起，全心全意，
不管它是“高”还是“低”！
读者啊，你在阅读我的诗句，
可想过我冥冥中在注视着你？
瞧那些乘客伏在栏杆上，闲散安逸，
乘渡船顺激流漂去——
栏杆啊，你可要稳着点，把他们牢牢托起！
飞吧，海鸟们！侧身、大转体，盘旋在高空里！
流水啊，请你把夏日天空的映影挽留在水里，
忠诚地拥抱它，待低垂的眼睛将它夺去！
丝丝缕缕的阳光啊，不要对我或他人留恋不去，
请把你的光洒在绚丽的河水里！
远处海湾的轮船啊，请来这里！
鼓着白帆的纵帆船、单桅船和驳船来来去去！
各个国家的旗帜，你们就高高升起！
日落时可别忘了降旗！
铸造厂的烟囱啊，让你的火苗烧得旺旺的，
夜间将阴影投向大地，
让房顶罩在红黄相间的光海里！

这里和那里，种种现象有待究底——
处处都有一种气氛将我们的灵魂包裹起，
你我的身体都沐浴着芬芳的气息；
城市里一片兴旺的人气；
货物和展览来自各方各地；
大河宽广，不失为富饶之地；
发展吧，恐怕这才是我们精神的真谛！
将这些保持发扬，使它们长存于大地！

美丽的使者啊，你在等待，一直等待在那里，
默默无语，
我们会膺怀自由的思想迎接你，
不停步不止息，
愿只愿你不再疏远我们，将我们拒之千里，
我们紧跟你，绝不将你放弃，
将你永远植根于我们心里，
我们无法测你的高深，但我们爱你，
你的完美无可挑剔，
你为“永恒”献出了一份礼，
为灵魂的塑造出了一份力——
不管是大力还是小力。

欢乐之歌

让我们的歌声喜气洋洋！
要歌就一曲绕梁，带着男女老少的希望！
它反映日常景象，有花草，有食粮。

啊，它歌唱动物，歌唱鱼儿的敏捷和稳当！
啊，歌里有雨点落地的声响！
啊，歌里有阳光和起伏的波浪！

啊，我的心喜气洋洋，
它冲破牢笼，像闪电的光芒！
我不仅歌颂这个星球和眼前的时光，
我要歌颂千百个星球和所有的时光。

啊，司机喜气洋洋！驾驶着火车奔驰四方！
听那蒸汽嗞嗞作响，
还有欢乐的隆隆声和汽笛响，
火车头笑声飞扬！
它通行无阻，风驰电掣奔向远方。

啊，我们田间漫步，山坡徜徉，心情欢畅！
小草绿叶滴翠，花儿吐芳，
林中湿润、清新，悄无声响，
黎明时分大地泌出清香，熏得整个上午都一片芬芳。

啊，骑马人喜气洋洋！
那马鞍、疾驰、马背上的紧张，
凉风拂发，在耳旁呼呼响。

啊，消防员喜气洋洋！
半夜三更火警拉响，
听得见警铃声和人声喧嚷！
经过人群旁，跑步向前方！
看到有大火需要扑灭，消防员欣喜若狂。

啊，身强力壮的拳击手喜气洋洋！
他精神抖擞屹立在拳击场，
充满自信的力量以及迎击对手的渴望。

啊，这从心底涌出的含着无边快乐的希望——
只有人之心能产生和涌出这样的希望，
它源源不绝，汹涌澎湃，没有界疆。

啊，为人之母喜气洋洋！
照管儿女，坚持不懈，把真诚的爱释放，
忍受痛苦，任劳任怨将一生奉上。

啊，繁殖、成长、恢复健康都令人喜气洋洋，
于抚慰、劝解、协调和融洽中让欢乐荡漾。

啊，重返生我养我的地方，
再次听到鸟儿的歌唱，
再次漫步于野外，徘徊于祖屋和谷仓旁，
再次穿过果园和那古老的小巷。

啊，这海湾、环礁湖、小溪和海岸就是我成长的地方，
而今要在此工作，终生不离故乡，
闻腥咸、湿润的气息，观海岸以及海草露出在浅水塘；
人们有的抓鳗鱼，有的挖蛤蜊，有的捕鱼拉网，
我有时拿来蛤蜊钉耙和铁锨，有时则手持鳗鱼叉来到海岸上；
潮水是否已退去？我和一群挖蛤蜊的人忙碌在浅滩上，
跟他们一起劳动，一起欢笑，嘻嘻哈哈，像个小伙子，血气方刚；
冬天则拿起鳗鱼叉和鳗鱼筐，
一路来到冰上，
用一把小斧头凿冰窟窿——这儿是叉鳗鱼的地方；
穿戴整齐去干活，下午返回，喜气洋洋，
一群粗放的小伙子伴随在身旁，
他们有的已成年，有的正在成长，
最喜欢伴随在我身旁，
白天和我一道劳动，夜晚同我一起入梦乡。

一次，天气暖洋洋，我划船来到海上，
要取出用重石块压在水底的龙虾筐，

（根据浮标我能判断地方；）
啊，日出之前，我将船划向浮标那个方向，
吮吸着五月清晨的甜香；
我斜着拉出柳条筐，
取那些深绿色的龙虾时，只见它们张牙舞爪，一副拼命的样，
我将木钉插入它们钳子关节连接的地方；
一处又一处，我去了所有的地方，
然后把船划回岸旁，
烧开一大锅水煮龙虾，煮得龙虾红通通。

还有一次是去捕鲭鱼——它们贪吃，容易上当，
见鱼钩就咬住不放，
贴近水面，密密麻麻布满几英里的地方；
另一次是到切萨皮克海湾抓石鱼，去的人都是紫红的脸膛；
另一次是在波马多克附近追踪蓝鱼的去向，
那时我铆足劲，左脚蹬在船舷上，
甩开右臂，将一圈圈的细绳抛向远远的地方，
周围可见五十艘小艇穿梭海上，和我相依相傍。

啊，在大河上行船真棒，
沿着圣劳伦斯河顺流而下，有着迷人的风光，
千帆竞发，经过千岛旁，
偶尔可见木筏——伐夫手持长长的桨，
小木屋搭在木筏上，
傍晚煮饭，炊烟袅袅升天上。

（啊，一种念头令人惊恐，一种可怕的思想！
它跟平静、虔诚的生活格格不入，完全两样，
它没有经过验证，产生于迷茫，
摆脱了绳索的束缚，成了自由的力量。）

啊，到煤矿上去，到钢铁铸造厂，
铸造厂——房顶高高的，比较简陋，厂房宽敞，
到处有暗暗的光，
铁水流出炉膛，滚烫滚烫。

啊，真希望重温当兵时的快乐时光！
感受勇敢的指挥官就在身旁，
感受他的体谅！
看一看他的安详，
见到他灿烂的笑容，倍觉心里暖洋洋！
雄赳赳上战场，耳听战鼓擂、军号响！
大炮声震天动地，阳光下刺刀和枪筒在闪亮！
看到战友倒下阵亡，心里不存怨望！
像野蛮人尝一尝血腥味，像魔鬼一样疯狂！
幸灾乐祸于敌人的死和伤。

啊，捕鲸人喜洋洋！
啊，我又来到了久别的捕鲸场！
大西洋的微风吹拂，脚下的船一晃一晃，
桅杆顶上传来的叫喊声又一次回荡在耳旁：
“看见啦，鲸鱼喷水在那一方！”

我攀到索绳上，跟大家一道张望，
随后回到甲板，激动得发狂；
我跳进放下去的小船，跟他们一起划向猎物出现的地方，
偷偷地接近，一声不响，
看得见那山一样大的巨无霸懒洋洋地在晒太阳，
鱼叉手站起身，挥动有力的臂膀，让武器飞向前方；
啊，鲸鱼受了伤，猛地钻进水里，冲向远方，
身后拖着我们，迎风疾驰在海洋，
见它浮出水面换气，我们将船划向近旁；
我看到一支长矛扎进它的腰部，朝深处捅，搅动它的伤，
我们又向后退，看着它沉入水中，生命在迅速消亡；
待它再次浮出水面，
只见它把血水喷上天，围着小船转圈圈——
那圈圈越转越小，身体如利刀划破水面，
我眼睁睁看着它魂丧命断——
它在漩涡中间腾空跳跃，落下来直挺挺砸在水面，
然后一动不动躺在血染的泡沫间。

啊，回想当年的男子汉气概，为我把最崇高的欢乐增添！
如今儿孙满堂，转眼已白发苍髯，
悠悠生命长河中忘不了的是那份宏伟、冷静和庄严。

啊，成熟的女性自有成熟的喜悦感！
啊，幸福终于来到了身边！
如今已入耄耋之年，
享有为人之母的尊严，

头脑清晰，众人围绕身边！
我的吸引力怎么会超过了当年？
晚年的暮光怎么比青春之光更为明艳？
我浑身上下的美怎么会如此锦簇花团？

啊，演说家自有演说家的喜悦感！
鼓起胸腔，让春雷一般的声音在胸膛回旋，冲出嗓子眼，
让听众随你一道愤怒、流泪、仇恨和期盼，
率领美利坚，以能言善辩征服美利坚。

我的灵魂自有它的喜悦感，
靠自身将喜悦增添，
观察一景一物，对一景一物都留恋，
观察芸芸众生，视其为力量的源泉，
通过视力、听力、触觉、推理、叙说、比较、记忆等手段，
我的灵魂回到我心间，留下所闻所见——
我的感官和肉体得到升华，超越了极限，
于是肉体不再是凡体，眼不再是俗眼，
如今可以无可挑剔地证验：
最终，我观察事物不再用“俗眼”，
也不再用“凡体”去恋爱、散步、欢笑、拥抱、叫喊和育女生男。

啊，农夫有自身的喜悦感！
俄亥俄的农夫、伊利诺伊的农夫、威斯康星的农夫、加拿大的农夫、
艾奥瓦的农夫、堪萨斯的农夫、密苏里的农夫和俄勒冈的农夫，
他们都有自己的喜悦感！

拂晓起床，脚步轻快地去把活儿干，
秋天耕地，冬天将种子撒在田间，
为了种玉米，春天犁田，
整理果园，移植嫁接，收获于秋天。

啊，在河水里游泳洗澡，或者到海岸边，
找个好地方嬉玩，让水花飞溅！
在齐脚踝深的水里蹚蹚水，或者光着身子奔跑在海岸。

啊，感受一下辽阔的空间！
这儿富饶无限、辽阔无边！
与天空、日月、浮云融为一体，成为它们中的一员！

啊，雄赳赳的男子汉有自身的喜悦感！
绝不唯命是从，不俯首帖耳，对任何暴君都不下四低三，
走路挺直腰杆，迈着轻快、带弹性的步点，
看人视物态度安详或目光如电，
说话挺胸膛，声音洪亮、饱满，
对待天下所有的人都以坦诚相见。

你可知青春喜乐无限？
可知亲切的伙伴、欢乐的语言和笑脸
能给人以喜悦感？
可知高兴、闪亮的日子能给人以喜悦感，
敞开胸怀的游戏给人以欢颜？
可知袅袅的音乐、灯火通明的舞厅和舞伴

能给人以喜悦感？

可知丰盛的筵宴、觥筹交错、推杯把盏

能给人以喜悦感？

啊，灵魂，你严肃端庄！

你可知沉思默想能给人以喜悦感？

可知自由且孤独、温柔且忧郁的心会有喜悦感？

可知踽踽独行，低着头却有尊严，奋争和经受磨难——

这一切会有喜悦感？

可知论战的痛苦和狂喜，可知日里夜间的严肃思考能给人以喜悦感？

可知思考“死亡”以及广泛意义的“时间”和“空间”

能给人以喜悦感？

可知遐想美好、崇高的爱情理念，

遐想妻子美若天仙，

遐想身旁有惬意、永恒、完美的伙伴，

这些都给人以喜悦感？

愿你我的欢乐永不消散，

愿你的灵魂欢乐无边！

啊，我只要还有一口气，

就是生活的主宰，而非奴隶，

迎接生活——以强大的胜利者的威仪；

不发火，不唉声叹气，

不发牢骚，不夹枪带棒地挑剔；

面对空气、水和大地包含的自然规律，

证明自己内心的灵魂无比坚毅，

任何外部的因素都不能将我制抑。

我歌唱，不仅为生之欢乐（恕我重复），也为快乐的死亡！
死神把我触摸，让我感到舒畅，
不知怎么刹那间会让我平静，什么都不想；
我甩掉臭皮囊，让它烧成灰、化为粉，或埋在坟场，
而我的“真体”留下来，无疑有其他的用场——
一副空壳对我而言失去了意义，需要回到处理厂，
进一步加工利用，永恒地肥沃土壤。

啊，要具有吸引力，就得有超强的力量！
我不知是什么名堂，
但你不妨想一想：
一个人如果不是唯唯诺诺，退守一方，
而是一往无前，那他的吸引力该多么强！

啊，战斗吧，去迎接暴风雨，
去勇敢地面对强敌！
独自一人去出生入死，看看你究竟有多么大的毅力！
冲上去面对斗争、酷刑、监狱和公众的唾弃！
登上断头台，毫无畏惧地向枪口走去！
你实际上就是上帝！

去吧，驾起一条船航海去！
离开这令人难以忍受的陆地，
离开这千篇一律、烦人的大街、人行道和屋宇；

要离开你，你这纹丝不动、坚硬的陆地，
登上一条船，把帆扬起，
航海去，航海去！

啊，让生活成为诗篇，将新的欢乐颂赞！
跳舞、拍手、狂喜、呐喊、跳跃、打滚，一路航行向前！
做一个周游世界的水手，驶向所有的港湾——
驾驶着一条船（看啊，我迎着太阳和天空鼓起了帆，）
一条风驰电掣的船，满载着诗句，也将欢乐充满。

连绵起伏的大地之歌

一

这是一首赞歌，写给连绵起伏的大地，
里面有赞美的诗句；
你是否以为用词汇、直线、曲线、拐角和和符号就能写就诗句？
不，那不是诗句，真正的诗句在大地里和海里，
在空气里，在你的身体里。

你是否以为朋友甜美的声音和话语就是诗句？
不，真正的诗句比这更为美丽。

人体才是诗句，是丰富多彩的诗句，
（在优秀的诗歌里，人体反复出现，有男有女，
亭亭玉立，荡漾着自然和欢乐的气息，
每一个部位都活泼有力，敏感、大方，不伪不虚。）

空气、土壤、水、火——这些才是诗句，

而我本人也是诗句，我们相互贯通，成为一体；
我的名字对它们已失去意义——
虽然我的名字用三千种语言传递，
可是气、土、水、火对它又能了解到哪里去？

健康的体魄，友好、轩昂的威仪，
这些才是诗句，是话语，有着真正的意义；
一些男女的外表独具魅力，
这也是话语，有着真正的意义。

灵魂的呼风唤雨，
依仗的就是这些来自大地的无声诗句，
大师们将一切洞悉，
选用无声的诗句，胜过有声的诗句。

“与时俱进”是大地的诗句之一，
大地的步伐不慢也不疾，
腾跃之初体内就已蕴含良机，
蕴含着生长的要素和效益，
它不仅美丽无比，
与优点同时出现的还有缺点和赘疣之疾。

大地并不小气，而是慷慨大义，
大地的真理随时等候在那里，
绝不隐匿踪迹，
平平静静，微妙含蓄，靠文字不能传其意，

而是渗透在万物里，愿意给人以真谛，
传达情感和邀请的信息；
我一遍又一遍呼唤你，此话我就不提——
假如你充耳不闻我的话语，
我对你又有什么意义？
承担，改善——缺了这两点，我又有什么意义？

（有了胎儿，就让它落地！
难道你要让胎儿腐烂在肚子里？
难道你愿意待着不动，直至窒息？）

大地不争这个理，
它没有这份情绪，没有将其列在计划里；
它不呼天抢地，不风风火火地急，
不劝说，不威胁，也不把诺轻许；
它态度上不分高和下，从不向失败把头低，
不封闭，不拒绝，不将任何人拒之千里，
而是包揽万力、万物，不分涓滴，
将所有的一切都包含在里。

大地不炫耀自己，但也不拒绝展示自己，
外是外，里是里，
在外，可闻各种声音响起，
有英雄们豪迈的誓言，也有奴隶的哭泣，
有情侣的甜言蜜语，有垂死人的咒骂和喘息，
有年轻人的欢笑，也有买卖人讨价还价的话语，

在里，则有那总不落空的诗句。

对于儿女，不落空的是慈母无声却胜有声的话语，
真心的话语不会落空，不会落空的还有真实的思考和动机，
白天黑夜不会落空，不落空的还有我们那航海之旅。

数也数不清的是我们的姐妹星天体，
它们翩翩起舞，无止无息，
有的年老，有的年轻，有的借向心力，有的借离心力，
我们熟悉的美丽姐姐[①]和它们舞蹈在一起。

她背对大家——她的脊背是那样丰腴，
荡漾着青春的活力，也散发出老年的魅力，
她静静地坐着，无比安逸，
我和所有的人一样把她爱在心里；
只见她手中将一面镜子举起，
照一眼镜子，又把目光移离，
对他人不邀请、不拒绝，谁照都可以——
她就这么举着镜子，不知疲倦，不分白天和夜里。

她有时在近旁，有时在远地，
每天二十四小时出现在公众视野里，
按时接近和掠过其他的天体，
不睹自己的芳容，而是将跟前的面庞看在眼里，

① 美丽姐姐：此处喻指地球。

看孩子，看成年男女，
看动物，也看无生命的东西，
看山川江河，也看幻影重重的天际，
看你我的面容，忠实地将它们反映在镜里，
每天肯定出现在公众视野里，但身旁绝不会是相同的伴侣。

拥抱人类，将万物拥抱在怀里，
一年三百六十五天围太阳旋转不息；
拥抱万物，给它们抚慰，把它们养育，
三百六十五天转完一圈，另一圈又转起，
可靠，坚定不移。

一路滚滚而来，无所畏惧，
历经寒暑，经受阳光的炙烤和暴风雨的洗礼，
灵魂在觉醒，一颗心无比坚毅，
冲入周围和前方的真空，让其破碎支离，
任何障碍都不能减慢她的步履，
任何铁锚都不能将她拖在港湾里，
任何石块都不能击碎她的坚毅——
她风驰电掣，满怀欣喜，
带着希望，把一切都记在心里，
随时都能够将自身的经历叙述个仔细——
神圣的船只航行在神圣的海洋里。

二

不管你是谁！天体的“运行”和“映照”都是为了你；
为了你，神圣的船只航行在神圣的海里。

不管你是谁，男或者女，地球为你分为固体和液体，
太阳和月亮为你高悬在天际，
未来和过去不针对他人，只针对你，
“永恒”不针对他人，只针对你。

每一个男和每一个女，本身就是未来和过去，
本身就是“永恒”的真意；
一个人的成就，无人可代替，绝对不可代替，
一个人的成长，无人可代替，绝对不可代替。

歌曲对歌手而言，最有真意，
教育对教师而言，最有真意，
谋杀对凶手而言，最有真意，
盗窃对小偷而言，最有真意，
爱情对恋人而言，最有真意，
礼品对送礼人而言，最有真意；
这是颠扑不灭的真理——
演说对演说家有意义，
演戏不是对观众有意义，而是对演员有意义，
一个人只了解自身的伟大、成绩或生活的意义。

三

我敢说，唯有心里完好无恙，才会觉得大地完好无恙，
心里百孔千疮，也会觉得大地百孔千疮。

我敢说，“伟大”和“力量”是对大地的模仿，
任何理论，除非符合大地的规律，否则派不上用场；
所有的政治、诗歌、宗教、追求，或其他思想，
除非似“地厚”，反映大地的精确性、活力、无私和高尚，
否则无价值可讲。

我敢说自己开始看到：爱情的回响固然芬芳，
但更芬芳的是激情的荡漾，
它包罗万象，不卑也不亢。

我敢说自己开始看到：话儿说得响亮，
内容却不丰富，或者说空荡荡，
唯有大地的内容，含蓄，却森罗万象，
内容丰富的还有歌手——他把人体和大地的真理颂扬，
另外还有创造词汇的人——他创造的词汇非同凡响。

我敢说自己看到美好的景象——
生花之笔也难以描述的景象，
最好的事物无须多讲。

我一旦想把最好的事物讲一讲，总觉得重任难当——

舌尖发硬，转动不当，
口鼻不应，呼吸不畅，
结果哑口无声响。

大地最美好的事物无法可讲——
所有最美好的事物都是这样，
迥然有异于你的想象，
而是比较低廉，就在近旁——
它们没有离开原来的地方；
大地积极向上、勇往直前，还是老样，
事实、宗教、进步、政治、贸易仍活跃似以前一样，
灵魂也在活跃——勇往直前、积极向上，
其中没有道理、没有证据可讲，
只有那无可否认的“成长”。

四

这些必须反映灵魂的声音和灵魂的话语，
（假如不能反映灵魂的话语，
又会有什么目的？
假如它们和你没有特殊的联系，
又会有什么联系？）
我发誓今生今世绝不相信花言巧语，
我只相信好话应该闷在肚里。

诗人啊，吟诵你的诗句！

歌手啊，歌唱你的歌曲！
挖掘吧，塑造吧，将大地的诗句堆积！
干起来吧，永不停息，我们不会失去，
也许要等很长时间，但终究会有用武之地，
当砖瓦齐备，建筑师就会出现在这里。

我保证建筑师定会出现在这里，
我保证他们会理解你，把你赞许，
唯有英雄才把英雄惜，
他们会利用所有的材料，绝不抛弃，
他们将一起把你记在心里，
坚信你一点也不比他们能力低——
你在他们心里会享有至高的荣誉。

候　鸟

时代的先锋！啊，时代的先锋！

来吧，孩子们——脸儿紫红紫红，
列队随我前行，把武器握在手中！
你们是否已把枪握在手中？
你们是否已把利斧握在手中？
时代的先锋！啊，时代的先锋！

我们不能在这儿停留，亲爱的，我们必须前行，
绝不避危险之锋！
我们力壮、年轻，所有的人都把我们依凭！
时代的先锋！啊，时代的先锋！

啊，你们这些年轻人，西部的年轻人，
激情澎湃，百倍的精神，集英雄气概和友善于一身
看得清你们这些西部的年轻人，
看得清你们走在最前列，大踏步前进！
开拓的人！啊，开拓的人！

那些年长的人是否已停止了前进？

他们是否累弯了腰身，精神不振，
提前下课，未抵达海岸便停止了前进？
那就让我们把永恒的使命、重任和功课承担在身！
开拓的人！啊，开拓的人！

我们将一切抛在身后边，
走向一个全新的世界——繁荣昌盛、色彩斑斓，
精神焕然一新，体格强健，
勤奋地劳动，阔步向前！
开拓的好汉！啊，开拓的好汉！

我们分路而行，一路登攀，
越悬崖，过隘口，直上山巅，
行走在人迹罕至的路上，征服，占领，壮起胆，冒着风险！
开拓的好汉！啊，开拓的好汉！

我们把原始森林砍伐，将河流截断，
殚精竭虑，往矿山深处钻探，
测量辽阔的大地，把处女地掀翻！
开拓的好汉！啊，开拓的好汉！

我们是科罗拉多好汉，
来自于巍巍群山之巅，
来自于连绵起伏的丘陵地和高原，
来自于猎人行走的路线！
开拓的好汉！啊，开拓的好汉！

我们是内布拉斯加好汉，是阿肯色好汉，
我们来自于中部的腹地，来自于密苏里，大陆的血液在我们体内循环，
所有的南方人和北方人，让我们握手极欢！
开拓的好汉！啊，开拓的好汉！

啊，不知疲倦的民族一往无前！
啊，可爱的民族有许多优点！
啊，我爱这个民族爱得心口发痛，温情缱绻！
啊，我痛心，我喜欢，大爱溢满心间！
开拓的好汉！啊，开拓的好汉！

瞧着吧，我的儿男，我坚定不移的好汉，
他们蜂拥而至，尾随在后边，
我们决不投降，决不踟蹰不前——
想当年，还不是有鬼影千百万，从身后觊觎窥探！
开拓的好汉！啊，开拓的好汉！

排着密集的队形不断向前，
我们的人员源源不断，
前边的人倒下，很快有人把缺位补填，
苦战，不怕失败的磨难，
一直向前，绝不裹足不前！
开拓的好汉！啊，开拓的好汉！

啊，要死就死在行进之间！
我们当中有人精力衰竭，要把气咽？

是否已到了命终的时间？
那就最好死在行进之间，
很快就有人把缺口补填！
开拓的好汉！啊，开拓的好汉！

天下所有的脉搏都在跳动，
为我们而跳动，为西行的队列而跳动，
跳一下，或者一起跳动，
坚定地伴随我们前行，
为我们而跳动！
时代的先锋！啊，时代的先锋！

人生的集会丰富多彩，人头攒动，
有各种样，有各种形——
工人在劳动，
人们中有的懂航行，有的不懂航行，
主仆同在其中！
时代的先锋！啊，时代的先锋！

这里有情场失意、默默无语的恋人，
有监狱的犯人，
有正义的人，也有邪恶的人，
有欢乐的人，也有悲哀的人，
有生龙活虎的人，也有奄奄一息的人！
开拓的人！啊，开拓的人！

我、我的灵魂、我的肉体，
好一个奇怪的“三位一体”，
寻路向前，不止不息，
穿过海岸，走在阴影里，
身后有鬼影在追击！
开拓者的足迹！啊，开拓者的足迹！

看啊，看那滚滚飞行的天体！
看啊，看周围的兄弟天体，
看无数恒星和行星聚在一起，
看朗朗白日，看黑夜——多梦、神秘！
开拓者的足迹！啊，开拓者的足迹！

我们和他们，他们和我们，大家一起用力，
使命重要和必须，万众努力，
自有后来者作为接续，
我们今日披荆斩棘，把前进的道路清理！
开拓者的足迹！啊，开拓者的足迹！

啊，你们这些西部女！
啊，你们这些年轻女、年长女！
啊，你们这些母、这些妻！
你们决不能分离，而是在队伍里行进在一起！
开拓者的足迹！啊，开拓者的足迹！

游吟诗人在草原上安眠！

（异域的诗人裹衣而眠，
睡吧，你已经把活儿干完，）
很快我就要听到你的吟诵声，
很快你就会一跃而起，行进在我们之中！
时代的先锋！啊，时代的先锋！

不为一时的甜美欢愉，
不图财不图衣，
不图住房不图安逸，
无敛财聚富的贪欲，
也无乏味的花天酒地！
开拓者的足迹！啊，开拓者的足迹！

寻欢作乐者是否贪图灯红酒绿？
那些饱食终日的人是否逗留于梦乡里？
他们是否紧闭门户，将外边的世界忘记？
我们却粝食粗衣，睡觉将毯子铺在地！
开拓者的足迹！啊，开拓者的足迹！

夜幕是否已降临大地？
近来路途是否费力？
我们是否曾途中气馁、打盹，停止了步履？
我允许你途中稍息，暂时把一切忘记！
开拓者的足迹！啊，开拓者的足迹！

一直到号角响起，

远远的号角声宣告黎明来到这里；

听啊！我听见那号角声响亮、清晰！

快呀！快到队伍的前边去！

快呀！快站到你的位置里！

开拓者的足迹！啊，开拓者的足迹！

大海漂流记

摇啊摇，摇个不停的摇篮

摇啊摇，摇个不停的摇篮，
悦耳的声音飞出知更鸟的嗓子眼；
九月午夜漫漫，
在那寸草不生的沙地、荒野间，
一个少年离开床边，独自徘徊，光着头，赤脚板，
头顶月光灿烂，
云影幢幢，神神秘秘，仿佛在玩——
你追我赶，缠成一团，就像活的一般；
荆棘地、黑莓地一块一块似棋盘，
鸟儿的歌唱留在了记忆间，
还有那忧愁的弟兄——我听见他的歌声一高一低起波澜；
月盘半圆，黄黄的，挂在空间，仿佛哭肿了眼，
迷雾中飘荡着的音符，有爱情，有思念，
我的心从未停止呼唤，千呼万应一千遍；
词语无数，就在我们身边，
有一词最为强烈，也最为缠绵，
此时，该词把昔日的情景重现，
似飞鸟，鸣叫、升空，从头顶渐远；

我匆忙来到这儿——在记忆未消失之前，
虽已是男子汉，却像小孩泪眼潸潸，
扑倒在沙滩，眼望大海的波澜，
诉说悲哀和喜欢，说当前，也把未来期盼，
将万般迹象收于心间，却又迅速超于其局限——
要把一首回忆往事的歌奉献。

波马诺克的往事如烟，
五月的青草在生长，丁香的芬芳弥漫空间，
荆棘遍布海滩，
自亚拉巴马飞来了两位“羽客”，不离不散，
筑鸟巢，下了四个浅绿色的蛋，蛋上带着棕褐色的点，
每一天，雄鸟飞来飞去，守在跟前，
每一天，雌鸟都在孵蛋，默默地，睁着明亮的眼；
每一天，我——一个怀着好奇心的少年，都跑来查看，
不近也不远，从不把它们扰乱，
小心瞧仔细看，让一切入眼里、进心间。

闪耀吧！闪耀吧！闪耀吧！
伟大的太阳，请你把温暖洒人间！
我们俩晒太阳，沐浴温暖。

两个一道沐浴温暖！
风儿来自南边或北边，
白天明亮，夜黑如磐，
家乡，或者说家乡的河流和山川，

一直在唱歌颂赞，忘掉了时间，
我们俩不离不散。[①]

事情发生在一瞬间，
雌鸟的配偶不知爱侣是否罹难——
一天中午未见雌鸟孵蛋，
下午也没有出现，
第二天亦是如此，从那以后再也没有见它的面。

整整一夏天，海涛之声响在耳畔，
平静的夜晚，满月如盘，
我看见那只雄鸟掠过声音嘶哑、上下起伏的海面，
而在白天则徘徊于荆棘间——
这位来自亚拉巴马的"羽客"影只形单。

吹吧！吹吧！吹吧！
让海风吹遍波马诺克的海岸！
我等啊等，等着海风把我的爱侣吹到我身边。

是啊，当朗星闪闪，
那个孤独的歌手彻夜栖在树杈上——那树杈长满了苔藓，
几乎脚下就是海浪拍岸，
一幅动人的情景，叫人泪眼潸潸。

---

① 此处以及下面几处的楷体诗句描写的是雄鸟的心情。

他把爱侣呼唤，
倾吐出自己的思念——那是只有我理解的思念。

是啊，弟兄，我理解你的心情，
他人也许不懂，我却把每一个音符珍藏在了心中；
我非止一次溜到海滩上——四处一片朦胧，
我静悄悄，躲开月光，融入黑影；
至今仍记得起那绰绰的影、回响的声——
各种各样的影、各种各样的声，
那个不知疲倦晃动的树杈悬于海浪中，
我——一个赤脚少年，任海风把头发吹动，
久久地听啊听。

听，是为了记忆、歌唱，为了传递音符里的情，
我理解你的心情，我的弟兄。

静一静！静一静！静一静！
后浪把前浪安抚，让它安静，
又一个浪冲过来，拍抚前浪，把它抱在怀中，
一浪又一浪地涌，心中的爱让我无法平静。

明月低悬，它迟迟升起在空中，
它步履沉重；啊，我想是因为有了爱，有了爱才这么沉重。

啊，海浪拼命地朝岸上涌，
心里怀着爱情，心里怀着爱情。

啊，夜晚！难道我看到我的爱侣挣扎在海浪间？
那是什么——白浪间的那个小黑点？

大声呼唤！大声呼唤！大声呼唤！
我的爱呀，我大声把你喊！
我高声呼喊，声音清晰，飞越海浪间，
你一定知道是谁在这儿期盼，
我的爱，你一定知道是谁在这儿期盼。

月亮低悬！
月亮啊，你那黄褐色里怎么有个黑点？
啊，那是我爱侣的身体——那黑点！
啊，月亮啊，请你不要留她，不要再让她远离我身边！

陆地！陆地！啊，陆地！
不管看哪里——
啊，我想只要你愿意，都能够归还我的爱侣，
因为不管看哪里，
我几乎可以断定自己依稀看见了爱侣。

啊，群星冉冉升起！
也许，我渴望见到的那颗星星也会升起，
它代表着你。

啊，声音！啊，颤抖的声音！
愿你更加清晰，穿过空气，

掠过森林和大地——
我渴望见到的那个人在某处侧耳想听到你。

唱吧，让歌声响起！
这儿孤寂，让夜之歌响起！
让孤独的爱之歌响起！
让死亡之歌响起！
啊，在月光下让歌声响起——
那月亮步履沉重，黄黄的，奄奄一息，
弯着腰，几乎要沉到大海里！
啊，让绝望无助的歌声响起！

不过，要轻轻地唱，把声音放低！
轻轻地唱！轻轻地低语！
大海呀，请让你那嘶哑的喧嚣暂时停息，
因为我坚信自己听见爱侣在某处回答的话语，
那话语极其微弱，要听清就得非常静寂，非常静寂，
但也不能完全无声无息，
否则她就不能即刻回到这里。

我的爱，快回到这里！
我就在这里！我就在这里！
我已声嘶，仅靠残喘传递我的信息——
这一声温情的呼唤飞向你，我的爱，飞向你。

你可不要迷路于途中——

那是风的呼啸，不是我的呼声，
那是浪花飞溅，是浪花的涌动，
那是树叶的阴影……

啊，茫茫的黑暗！啊，全是一场空！
啊，我悲伤、哀痛。

啊，空中月亮跟前褐色的晕圈在垂向海中！
啊，海里那忧愁的映影！
啊，歌喉啊！啊，心儿怦怦跳动！
我彻夜不息歌唱，没有一点用，没有一点用！

啊，过去啊过去！多么幸福的生活！啊，欢乐的歌声！
回荡在空中、林中和田野的上空！
爱情！爱情！爱情！爱情！曾有过的爱情！
而今爱侣不在跟前，失去了踪影！
我们再也不能如影随形。

歌声渐渐归于沉寂，而所有的一切仍在继续——
星光熠熠、海风徐徐，雄鸟的鸣叫回荡在四下里，
暴躁的大海母亲怒气冲冲，抱怨不息，
波马诺克的海滩灰蒙蒙，窣窣窸窸，
半圆的黄月亮大大的，向下低垂，几乎将海面触及；

少年心情激动，光脚片没在水中，任海风将头发戏弄，
爱长期埋藏在心中，而今释放出来，感情奔涌，

那歌声的含义、耳朵及灵魂迅速相融，
脸上莫名地泪水纵横；
人与海的对话，还有雄鸟的歌声，都在传情，
野蛮的大海母亲声音低沉，咆哮不停，
阴沉沉地对少年的灵魂提出的问题做出了答应，
将埋藏已久的秘密泄底漏风，
对这位未来的诗人吐露真情。

不管你是一只鸟还是鬼影！
（少年的灵魂说话出了声。）
那是对你的爱侣所唱的歌声？
还是唱给我听？
我曾经懵懂，舌头在睡眠中，
而今已把你听清，
瞬间明白了自己的使命——已经觉醒！
一千名歌手诞生于我心中，必将永生，
他们的歌比你的歌更为清晰、响亮、哀痛。

啊，你这孤独的歌手，独自歌唱，反映了我的心声，
啊，我独自倾听，永不倦，永不停，
永远也不回避那歌声，
永远也不忘记那百呼不应的雄鸟发出的爱的喊声；
我再也不是那个静悄悄的少年——
在那个夜晚，在海边，天空一轮黄黄的月亮低悬；
我心里掀起波澜、燃起火焰，苦和甜掺半——
一种渴望难以言明，它将和我相伴。

啊，请赐给我一些信息！
（它隐身于此处，隐身于黑夜里，）
啊，假如我注定会获取，不妨现在就赐给我信息！
不妨给我一个词作为信息，
（我会把它剖析，）
一词说明问题，比所有的词都有意义——
它内容含蓄，已经在传递；
那会是什么词？我敛声屏息……
大海的波浪，你是不是把这个词低语——
一直都在低语？
你是不是靠岸边的水和湿湿的沙滩将它传递？

大海在把信息传递到这里，
不徐也不疾，
彻夜低语，黎明前已十分清晰——
它悄悄对我说出了那个甜蜜的词：死亡；
它一遍遍地说着——死亡，死亡，死亡，死亡，
咝咝地响，声音悠扬，
既不像我那颗激情澎湃的少年的心发出的声响，
也不像那只雄鸟的歌唱，
一点点暗地向我靠近，窸窸窣窣来到我脚旁，
又慢慢靠近我的耳朵，缓缓在我的全身流淌——
死亡，死亡，死亡，死亡，死亡！

我不会将这个词遗忘，
而是将其融入我那位鬼影弟兄的歌唱——

在波马诺克灰蒙蒙的海滩上，沐浴着月光，
它曾对着我歌唱，
唱出了一千首歌——即兴即场，
从此唤醒了我歌唱的愿望；
这个关键的词融于歌中，它来自海浪，
融入最美的歌，融入一切歌唱，
强有力、荡气回肠，
悄悄来到我脚旁，
（或者像个老婆婆，穿着漂亮的衣裳，
弓着腰把摇篮摇晃，）
大海悄声低语对我把话讲。

路畔歌

欧罗巴
（法兰西共和国第七十二年和第七十三年[1]）

它突然跃出朽烂、昏沉的穴中，跃出奴隶的围栏，
快得连自己都吃惊，就像一道闪电，
脚踩骨灰和衣服碎片，以手紧扼君主的喉管。

啊，希望和信仰！
啊，流亡的爱国者有多少在苦难中结束了生命！
啊，多少颗心如此沉重！
今天，请你们转换心情，振作起昂扬之情。

听着，你们这些骗子，拿了黑钱竟然把人民污玷！
暂不谈数也数不清的苦难、谋杀和贪婪，
要清算的是宫廷用尽卑鄙手段行骗，
利用穷人的淳朴偷走他们的钱，

① 法兰西第一共和国成立于1792年，而此处所讲的是发生在第三共和国（1870—1940）成立之前的事情。

君主不断许诺，又不断食言，惹人轻看；
可不是全为了这些，他们执政期间人民举起了复仇之剑，
也不是全为了这些让贵族头落命断；
人民鄙视君主的凶残！

然而，好心的赦免换来的却是痛苦的灾难，
受了惊吓的君主把家还，
一个个耀武扬威，仆从跟在后边——绞刑吏、牧师、税务官、
士兵、律师、大臣、狱卒，还有马屁精把媚献。

在这些卑鄙行径后边有一个人影，
像黑夜一样模糊不清，
遮盖得严严实实，从头到脚罩在红袍中[①]，
看不见脸也看不见眼睛——
红袍中只露出一只手，撩起袍子，手指举过头顶，
弯弯手指，活像蛇头蠕动。

尸体躺满了新挖的坟茔——
年轻人的尸体，被鲜血染红，
绞刑架上的绳索是那样沉重，
君主的子弹在飞，四处回荡着当权者响亮的笑声——
这一切必会有报应，会有好的结果产生。

那些年轻人的尸体，那些烈士的尸体悬在绞刑架上，

---

① 此处隐指红衣主教。

被灰色的铅弹射穿了胸膛，
看上去冰冷冷、硬僵僵，
其实永垂不朽，生机勃勃，像活人一样。

他们活在其他年轻人的心房；
君主呦，他们活在弟兄们的心房，
准备东山再起，对你们进行反抗；
死亡是净化的熔炉，是传授知识的课堂，
给了他们提升的力量。

为了自由遭到屠杀，忠魂埋坟场，
这儿会有自由的种子生长，
种子生种子，由风儿传播远方，种下新的苗秧，
靠甘霖瑞雪滋养。

暴君的鹰犬不会放过对失去了肉体的灵魂的监管，
但它隐形匿迹活跃在世间，
悄悄低语，秘密交谈，向世人提出忠言。

自由啊，别人要失望就让他们失望吧，我绝不会对你失望！

自由的圣殿是否已关闭？主人是否不在家里？
但这没关系，请你别放松警惕，
他很快就会回来，他的信使也会来到这里。

啊，生活呀生活！

啊，生活呀生活！社会问题反复出现——
背信弃义的人数也数不完，愚蠢把城市充满，
我不住口将自身责难：
（我恐怕最愚蠢，最不信守誓言！）
渴望光明的眼睛却看不到光明，只有卑鄙的现象在人间，
和一遍遍出现的苦难，
所有的一切都结果悲惨，
四处可见人们灰头灰脸、步履蹒跚，
光阴虚度，无价值可言，
我随大流，随波逐澜，
啊，让人惆怅的社会问题反复出现！
啊，生活呀生活！我该怎么办？

答案：
你立足于人世间；
生活就是生活，有自身的特点，
人生之戏在有声有色扮演，
你应做出自己的贡献。

我眺望人间

我眺望人间的百般苦难，

眺望一切压迫和污点；

我听见年轻人悄悄啜泣、泪眼潸潸——

他们失足悔恨，内心不安；

我看见母亲受儿女虐待，遭受磨难，

奄奄一息，无人照管，骨瘦如柴，绝望到了极点；

我看见丈夫虐待妻子，歹徒把年轻女子诱奸；

我留意到妒忌和单相思半遮半掩，让人心酸——

人世间的这一切景象都映入了我的眼帘；

我看见了战争的硝烟，看见瘟疫、暴政横行人间，

看见了烈士，也看见了囚犯；

我目睹了海上闹饥荒的场面，

看见水手抽签决定谁该死谁该生还；

我看见那些作威作福的人对待劳工、穷人、黑人是怎样轻蔑、傲慢；

我眺望着无边无际的龌龊现象和苦难，

听啊听，看啊看，不发一言。

老鹰的嬉戏

行走在河边的路上，（午前散步——这是一种休息，）
空中突然传来噗噗噗的声音——原来是老鹰在嬉戏，
在高空你挤我，我碰你，充满了爱意，
利爪扣在一起，猛烈地翻滚打转，散发出生气，
四个扑扇的翅膀、两个鹰喙紧紧拥在一起，
构成一个旋转体，
翻滚、转身、相互紧扣，形成环状，笔直落地，
至河面上空停止下落，合二为一，坚持了一瞬息，
一动不动，静止于空中，然后分开，爪与爪脱离，
缓慢、坚定地斜着拍动双翼向高空飞去，
双鹰分飞，你追我，我赶你。

战鼓篇

战鼓咚咚响

战鼓咚咚响！战鼓咚咚响！
军号嗒嗒响！军号嗒嗒响！
那声音冲进窗，冲进门，像一股冷酷无情的力量，
冲进教堂，将教徒们惊散四方，
冲进学堂——那儿是学习的地方，
搅得新郎不得安宁，使他无法和新娘共度幸福的时光，
让平静的庄稼汉无法把平静分享，
让他难以耕种，难以收谷入仓；
你们这些战鼓擂得太猛，军号吹得太响！

战鼓咚咚响！战鼓咚咚响！
军号嗒嗒响！军号嗒嗒响！
盖过城市里的喧嚣声，盖过街道上车轮的隆隆响——
夜间是否已铺好了床？
鼓号之声让人无法上床；
白天，经商的人无法经商，
至于经纪人和投机商——
难道他们还想一如既往？

难道演讲人还想演讲？
难道歌手还企图把歌唱？
难道律师还想在法庭上对法官将案情述讲？
听那鼓点越敲越急、越敲越重，军号愈加响亮！

战鼓咚咚响！战鼓咚咚响！
军号嗒嗒响！军号嗒嗒响！
不容商量，绝不因劝诫而收场，
不理睬胆小的人，不理睬眼泪和祷告上苍，
不理睬老年人央求年轻人的哀伤，
不听孩子的话，不听母亲怎么讲，
甚至震得灵柩架晃荡——
架上的死者正等着被抬到灵柩车上；
你们这些战鼓震天响，
你们这些战鼓让人胆战心慌，
你们这些军号太响亮！

黎明时的战旗之歌

诗　人

啊，一支新的歌，一首自由之歌曲——
哗啦哗啦，哗啦哗啦，里面有各种各样的响声，有清晰的人语，
有风的呼啸、战鼓的敲击，
有战旗的哗啦响、父声、儿语和大海的声息，
低回于大地，高扬在苍穹里；
父与子立于大地，
他们将目光向天空投去——
黎明时战旗将飘扬在那里。

诗句！书本里的诗句！你们是什么东西？
这样的诗句不要也罢，请听我歌一曲，
我的歌就在广阔的天地里——
我的歌伴随着三角旗，伴随着战旗。

我要把索具和线绳编进去，

要把大人小孩的心愿编进去，要把生活编进去，
要把闪光的刺刀尖和嗖嗖飞的子弹编进去，
（像是着意把一种符号和威胁带到遥远的未来去，
一边让警钟响起：振作起来，提高警惕！
振作起来，提高警惕！）
我要用鲜血为我的歌洗礼，让它坚毅，同时充满欢愉，
然后让它甩开腿向前走去，奋斗不息，
伴随着飘扬的三角旗和战旗。

三角旗

诗人，诗人，来这里，
灵魂，灵魂，来这里，
亲爱的小孩，来这里，
和我一道驾风飞翔在云端里，
和无边无际的光影游玩嬉戏。

孩　子

父亲，天空勾起长长的手指，是不是在召唤我？
它一直在对我说什么？

父　亲

我的孩子，你在天上什么也没看到，
天空什么也没对你说；

要看你就看商店里令人眼花缭乱的商货，
看钱庄开门营业，看车辆准备驶上街道，满载着货，
这些，这些啊才有价值，值得为之忙活！
天下羡慕的人多多！

诗　人

红艳艳的太阳在高高升起，
远远望去，蓝色的海水翻波，奔涌于海峡里，
风儿拂过大海的胸脯，吹向陆地，
那风来自西方或西南方，久吹不息，
海面上泛着乳白色的泡沫，漂到这里漂到那里。

可我不是大海也不是红太阳，
不是风儿任女孩般咯咯的笑声荡漾，
不是狂飙积聚力量，肆虐逞凶狂，
不是怪精灵，自我鞭挞，引起恐惧，直至死亡，
而是一个不被注意的人，唱啊唱，唱啊唱，
潺潺流淌于溪水里，疾驰于大地上，
林中早晨和晚上，鸟儿熟悉我的模样，
熟悉我的还有岸上的沙子和丝丝响的波浪——
战旗和三角旗在高高飘扬，飘扬啊飘扬。

孩　子

啊，父亲，它有生命；

那儿到处是人，它有孩子在身旁，
啊，我好像听见它在跟自己的孩子把话讲，
我听见它在说话，在跟我把话儿讲；
啊，多么奇妙的景象！
啊，它在伸展，在蔓延，在快速跑向远方；
啊，父亲，它遮住了整个天空——那么宽广！

父　亲

慢点，慢点，我的傻儿郎，
你的话叫我觉得忧伤，
把忧郁带入我的心房；
我再次重申：要跟别人一样，
别看战旗和三角旗在高空飘扬，
要看就看整齐的人行道，看高大的屋、结实的墙。

战旗与三角旗

啊，曼哈顿的诗人，请你对孩子讲一讲，
对所有的孩子都讲一讲，不管他们在曼哈顿之北方还是南方，
今天别的不提，只把我们讲一讲——
我们不解其中的名堂，
难道我们不就是几片无利可图的破布在风中飘扬？

诗 人

我听到和看到的不仅仅是几片布在飘扬，

还听到哨兵在问口令，听到军队的脚步声响，

听到百万人的欢呼，听到“自由”的声浪！

我听到战鼓擂、军号响，

我腾空而起，展翅飞翔，

扇动大陆鸟的翅膀，扇动海鸟的翅膀，

凌空朝下张望——无法否认和平结出的硕果就是宝藏，

我看到城市人口稠密，数不尽的财富堆满堂，

看到无数农庄，农夫忙于田间或谷仓，

看到机械师在工作，看到四处有拔地而起的楼房，

看到火车头拉着车厢风驰电掣于铁轨上，

看到了波士顿、巴尔的摩、查尔斯顿和新奥尔良的商店及库房，

看到西方远处有大片的麦田，不由在空中久久徜徉，

随后飞向北方的伐木林，飞向南方的种植田庄，

飞向加利福尼亚的方向，

沿途看到人们在创造巨大的利润，看到他们匆忙出现在集会上，

看到他们将工资装进钱囊，

看到了辽阔、豪迈的三十八个州，目睹了它们的“形象”，

（还会有更多的州出现在世上，）

看到了港口岸上的货栈，看到轮船进出港；

在所有的景物之上，（啊哈！啊哈！）我的小三角旗在飘扬，

长长的，呈宝剑的形状，

它快速升起，预示着战争和对抗；

瞧那升降索将它高扬，

我的战旗宽宽的、蓝蓝的，我的星条旗在飘扬，
把“和平”遗弃在海上和陆地上。

战旗与三角旗

诗人啊，军号会更响，战旗会更高，力量会更强！
我们的疆土会更宽更广！
不要让我们的孩子觉得我们仅仅是富有及和平，
我们也许意味着恐怖及屠杀，就像现在这样；
现在不是这辽阔、豪迈的三十八个州里哪个州的问题，
（也不是哪五个州或哪十个州的问题，）
不是市场和库房的问题，也不是城市银行的问题——
这一切，还有那辽阔的棕色土地，
以及地底下的矿藏，都在我们手里，
那海岸线在我们手里，大小河流在我们手里，
河流浇灌出的田地、庄稼和果实在我们手里，
海湾、航道、进出的船只，都在我们手里——
三四百万平方英里的土地之上生活着四千万儿女，
资源遍及大地；
啊，诗人，无论生与死，我们都享有至高的荣誉！
就连这些旗帜，也像主人翁一样自豪，高高扬起，
不仅目前如此，一千年高歌不息，
对一个可怜小孩的灵魂唱这首歌曲。

孩子

啊，父亲，我不喜欢那些宅院，
我永远也不会喜欢，
亦不喜欢金钱，
倒喜欢到那上面——
啊，亲爱的父亲呦，想成为一面战旗是我的心愿，
一心要成为三角旗迎风招展。

父亲

我的孩子，你把痛苦注入我的心间，
当一面三角旗太凶险，
今天你不知道会有什么危险，
以后也永远不知道会有什么风险——
其中无好处可言，只有冒险和搏击于风口浪尖，
打仗时一马当先——
啊，可怕的战争！你与战争有何相干？
你与魔鬼的激情、涂炭生灵以及早早的死亡有何相干？

战旗

我把魔鬼和死亡歌颂，
我置身于其中，置身于其中——
宝剑形的三角旗就是为了战争；
这是新的欢乐和激动，

是孩子们抒发的向往之情，
与和平土地的呐喊以及大海的流水声交融，
还有那黑烟滚滚的战船交锋于海战中，
遥远的北方有冰天雪地的寒冷，
夹杂着西洋杉和松柏窸窸窣窣的响声，
战鼓咚咚，那儿有行进的士兵，
南方炎热的太阳悬于空中，
东海岸的海滩上波涛汹涌，
西海岸的海滩上也波涛汹涌，
在两岸之间，密西西比河在不停地流动，
弯弯曲曲、缓缓急急地奔涌；
伊利诺斯和堪萨斯的田野在其中，密苏里的田野也在其中——
美洲大陆毫无保留，呈献出全部情景；
要来就来得猛烈些吧！淹没哀求声和歌声，
淹没一切田地，淹没所有的收成；
再也没有温情和悦耳的亲吻声，
而夜之声会成为永恒，
我们的声音将缺乏款款情，
却如乌鸦风中凄厉的叫声。

诗　人

我肢体灵动，血脉贲张，
我的主题总算澄清；
战旗钻出夜幕，如此宽展——我把你歌颂，
我自豪、坚定地把你歌颂；

我久久地等待，等待得太久，眼瞎耳聋，

而今冲出夜幕中，

恢复了听觉，恢复了舌头的转动，

（亏了一个小孩的启蒙，）

除过战旗的飘动声，我听见一种嘲笑声和责难声：

无理性！无理性！

（尽管如此，我还是要把你歌颂，）

啊，战旗！你并非和平的屋宇，并非繁荣昌盛，

（如有必要，你可以让屋宇全都化为废墟，

而你并不想毁掉那些屋宇——

那些珍贵的屋宇，稳稳屹立，充满安逸，用金钱所建起；

难道它们真能稳稳屹立？

要不是有你这面战旗，它们一刻也无法屹立，

无法稳稳地屹立；）

啊，战旗，你并非珍贵的金钱，并非农家物仪，

也并非营养丰富的东西，

并非优质仓货，也并非从轮船上卸到码头上的东西，

并非高级的轮船——靠风帆或靠蒸汽作动力，把货物运到东运到西，

并非机器、车辆、贸易或收益，

但从今往后我将盯着你，

看你从夜幕中冉冉升起，

旗身上群星齐聚，

（越来越多的星星聚在一起，）

将黎明与黑夜分开，划破空气，

沐浴着阳光，布满天际，

（一个可怜的小孩激情满怀，渴望地看着你，

而其他人或忙俗事，或高谈阔论，说着“苦干”“苦干”的警句；）
啊，高高飘扬的三角旗！
你起起伏伏、弯弯曲曲，
像一条咝咝叫的蛇样奇异；
你只是一种理想，无法企及，
但我爱你，愿为你赴汤蹈火，即便战死也在所不惜；
我爱你！啊，战旗，旗身上群星熠熠，
把我们从黑夜带到白昼里！
你是无价的东西，是众目所向的东西，
凌驾一切，是指挥一切的旗，
（你是绝对主宰一切的旗！）
啊，战旗！啊，三角旗！
我愿将一切抛弃——
不管多么辉煌壮丽的东西，都不值得一提；
我对一切都视而不见，眼里只有你！
啊，战斗的三角旗！
啊，宽展的战旗，星条旗，我的赞歌只献给你——
飘飘扬扬在风里！

骑兵队涉水过浅滩

一个长长的队列迤逦行进在郁郁葱葱的小岛之间，
如一条长蛇蜿蜒，刀枪在阳光下亮闪闪，
好听的叮当之声入耳畔，
看河水如银链，战马走过，水花飞溅，中途停下来畅饮一番，
看那些紫红脸膛的儿男，
一个个、一组组，如画中人一般，
坐在马鞍上休息真悠闲，
一些兵已抵达对岸，一些则刚刚踏入浅滩——
队旗欢快地迎风招展，
红色、蓝色和雪白色相间。

露营于山腰上

我看见一支行进的队伍停下休息，
脚下是一片肥沃的山谷地——
正值夏季，谷仓和果园坐落在山谷里，
身后是梯田坡地，陡陡的，有几处高高耸起，
梯田破碎支离，
杂以岩石块、攀岩附壁的西洋杉和一些高高的看不清是什么的东西，
营火一堆堆，有远有近，有的高高的在大山里，
将士和战马的影子被映得大大的，闪烁于黑暗里，
群星布满天际，向远处延伸，远得目不可及！

军团在行进

一群散兵打头阵，
时不时一声枪响，似抽皮鞭发出的声音，
还会响起排子枪，参差不齐没个准，
队伍蜂拥向前推进，
密密麻麻的人群向前推进，
微微闪着光，于阳光下跋涉前进，将士们灰尘满身，
随着地势的一高一低，队伍一起一伏在前进，
炮车分散拉，车轮滚滚，马儿汗水津津，
军团在行进。

在露营地忽明忽暗的火光边

露营地忽明忽暗的火光边，
一支队伍迤逦绕过我的身旁，庄严、欢乐，步伐缓慢；
但我第一眼注意到的却是熟睡军人的营盘，
以及田野和树林那朦胧的景观，
星星点点的火光一闪一闪照亮了黑暗，寂静一片，
远或近不时有人影出现，似幽灵一般；
我抬起眼，觉得那灌木和大树在偷偷把我观看，
不由浮想联翩——想法是那样温馨、那样甜，
想到生死，想到家园，想到过去，想到爱恋，
还想到朋友远在天边；
我坐在地上遐想，一支队伍则在行进，庄严、缓慢，
在露营地忽明忽暗的火光边。

父亲，请你走出田间

父亲，请你走出田间，
咱家的彼得来了一封信件；
母亲，请到大门跟前，
你亲爱的儿子来了一封信件。

瞧，眼下是秋天，
瞧，树木更绿、更黄、更红艳，
俄亥俄的村庄空气凉爽、发甜，
树叶在微风中抖颤，
熟透了的苹果挂满果园，
葡萄结满架起的葡萄蔓，
（你是否能闻到葡萄蔓上葡萄的气味？
你是否能闻到荞麦味——蜜蜂刚才还围着它嗡嗡转？）

最值得一看的是宁静的天，
雨后无比澄清，飘着美丽的云团，
大地也一片宁静，生机勃勃、美轮美奂，
农庄气象万千。

地里田间现出繁茂的景观，
而此刻父亲走出田间，
只因听了女儿的一声呼唤，
母亲进入过厅，脚不停步来到大门前。
她尽可能快地迈动步点，
一种不祥的预感让她腿发颤，
顾不上整理整理头发，也顾不上把帽子戴端。

飞快拆开信封——
啊，不是儿子的笔迹，却签的是儿子的名；
啊，是陌生人为亲爱的儿子代笔写下的内容，
啊，这一打击简直要了母亲的命！
她眼前一黑，所有的一切都在转动，
只把主要的词和断残的句子看在眼中：
枪弹射中胸膛……骑兵战斗……送往医院中……
目前情况不妙，但很快会柳暗花明。

虽然俄亥俄繁荣富强，到处是城市和农庄，
而我只看到一个人的形象——
她脸色苍白，大脑麻木，浑身没力量，
靠在门柱上。

亲爱的母亲，不要如此悲伤！
（刚刚及笄的女儿泣不成声地把话讲，
年幼的妹妹们默默地拥在一起，惊惶万状，）
你瞧，亲爱的母亲，信上说彼得的伤情很快会柳暗花明。

啊，可怜的小伙子呀，他的伤情不会柳暗花明，
(那个勇敢、朴实的灵魂啊，也许他就不需要这柳暗花明，)
当全家人聚在大门旁，他已经死亡——
这家人唯一的儿子已经死亡。

做母亲的才需要这柳暗花明——
她不久便把黑衣穿在了消瘦的身上，
白天粒米不进，夜里睡不香，
常常半夜惊醒，泪湿衣裳，
心里只有一个愿望，一个深深的愿望……
啊，真希望能悄悄地、静静地逃亡，
从人世间逃亡，追随阵亡的爱子去天堂。

一天夜里，我在战场上站了一班奇怪的岗

一天夜里，我在战场上站了一班奇怪的岗；
那一天，我的儿子和我的战友倒在了我身旁——
我望了你一眼，而你那亲爱眼睛的回望叫我终生难忘，
啊，孩子啊，你倒地时伸手向上，
我仅仅触摸了一下你的手，便急急冲上去打仗——
那是势均力敌的一仗，
直到夜里很晚才结束战斗，回到你们倒下的地方，
看到阵亡的亲密战友尸体已僵，
死去的爱子呈亲吻的模样，
（一吻而亡，今生今世无法补偿，）
看到你的脸沐浴着月光，
那情景有些异样，习习的夜风送来清凉，
我久久地在那儿站岗守望，
四周朦胧，开阔的战场就在身旁；
那个夜晚宁静、芬芳，
一种温馨、奇妙的气氛在站岗的地方荡漾，
没掉一滴泪，甚至没有一声长叹冲出胸腔，
只是久久地凝望，

然后半倚半靠坐在你们身旁，将下巴托在手上，
和你们这些最亲密的战友度过了一段甜蜜的时光——
那是一段神秘、不朽的时光，
无眼泪、无话语，只是静悄悄地站岗——那是爱和死亡的一岗，
为了爱子和战友守望；
星星默默升起到天上，东方也有新星冉冉向上，
勇敢的孩子啊，这是为你站的最后一岗，
（我没能救你，你匆匆阵亡，
你活着的时候，我真诚地爱你，把你放在心上，
我想咱们一定会重逢于天堂，）
那一岗一直站到黑夜徜徉欲去，实际上已天露曙光，
我将毯子盖在战友身上，
把他的身躯裹严，整理停当，
细心地从脚下一直裹到头上方；
沐浴着初升的太阳，我把儿子在草草挖出的墓坑里安葬，
以此结束了我那奇怪的一岗——
那是夜之岗，朦胧的战场之岗，
是为儿子站的岗——他呈亲吻的模样，
（一吻而亡，今生今世无法补偿，）
是为瞬间战死疆场的战友站的岗，
这一岗我永远难忘；
天放亮，我从冰冷的地上立起身，用毯子将战友裹得停停当当，
把他埋葬在了他倒下的地方。

黎明时分的昏暗晨曦里，军营中的一幅场景

一夜无眠，我一大早走出帐篷，
在凉爽、清新的空气里，沿着帐篷医院旁的小径漫步前行，
于黎明时分的昏暗晨曦里在军营中看到一幅场景——
见三个人躺在担架上，停放在外边，无人照应，
每人身上盖一条毯子，大大的，棕色的，羊毛制成，
那毛毯灰蒙蒙、沉甸甸，把整个人都罩在其中。

我好奇地停下来，默默地站在一边，
随后我用手轻轻揭开离我最近的毛毯，
看到一张脸，即第一张脸，一张上了年纪的男人的脸，
消瘦、难看，灰白头发，肿泡的眼……
你是谁？
亲爱的战友，你是谁？

接着，我走到第二张脸的跟前……
孩子，我亲爱的孩子，你是谁？
脸蛋红扑扑的可爱孩子啊，你是谁？

随即，我走向第三张脸——

那张脸既不是少年也不是老年，

十分平静，像是用美丽的泛黄的白象牙雕成的脸，

年轻人，我想我认识你的脸，

我想这就是基督的那张脸——

他死得神圣，是我们的好弟兄，现在就躺在跟前。

伤口包扎员

一

我，一个弯腰曲背的老人，来到了一些新面孔中间，
回答孩子们的问题时，忆及往事如烟；
一些喜欢我的少女少男央求我谈一谈……
（当时我义愤填膺，一心要战胜惊恐把战参，
不屈不挠地血战，
但很快手脚不听使唤，脸上无颜，半途而返，
坐守伤员身边，给他们以安慰，或默默将亡者照管；）
这些情景、这些燃烧的激情以及风云变幻，
已过去许多年，
还有那些举世无双的英雄好汉，
（我方勇敢，对方也勇敢；）
你们现在要我把当年的情景重现，
把天下最强大的军队谈一谈——
那支军队无比勇猛、雄健？
要我把最牢固、最深刻的印象谈一谈？

把莫名的恐慌、艰苦的战斗和印象最深的大规模围困战谈一谈？

二

啊，少女少男，你们喜欢我，我也把你们喜欢，
你们要我把那段最奇特的经历谈一谈，
让我想起自己当兵时长征归来的场面——
浑身是土，满脸是汗，
回来得正是时间，投入战斗，高声呐喊，
胜利冲锋向前，像风一般，
将敌方的工事攻占；
往事似潮水退去，逐渐变淡，
从身边流过，渐行渐远；
不堪回首——当兵有险也有甜，
（二者均记在心间——多的是险，少的是甜，但我意足心满。）

这些情景浮现在默想中，浮现在梦间，
尘世的得失和悲欢依然，
过去的事情很快被忘记，潮水将沙地上的足印冲得看不见；
我带着疼痛的膝盖从战场归来，走进医院，
（因为你们等在那边——
不管你们是谁，请跟我来，别作声，壮起胆。）

手拿绷带、水和药棉，
我快步直接去见伤员，
只见他们躺在地上——战斗结束后被抬到了这医院，

无价的鲜血将地上的草染红了一片；
有时我到一排排的帐篷医院，
有时则去设在屋内的固定医院，
巡查于病床边——那病床列成长排分布于两边，
走到跟前，挨个检查，不漏掉一个伤员；
身后跟着助手，提着废物桶，端着盘，
凝结着血块的纱布和鲜血很快把桶充满，
倒掉后，又充满。

我朝前走一走，站一站，
为伤员包扎伤口，膝盖疼痛，但手却稳健；
我对每个伤员都很坚定——伤痛固然强烈，但不可免；
一位伤员望着我——用一双乞求的眼；
可怜的孩子啊！你我从未谋过面，
但如果能挽救你的生命，此时就是叫我死我也情愿。

三

我向前，向前，(打开时间的大门！开门走进医院！)
为受伤的头包扎，(可怜的伤员惊惶错乱——
千万不要把绷带扯到一边，)
这位骑兵脖子被子弹射穿，
而我为他将伤处彻检，
他呼吸艰难、目光呆滞，但仍挣扎于生死线，
(来吧，甜蜜的死亡！啊，美丽的死亡，请听我言！
快来吧，请你行行善！)

伤员的手被锯掉，胳膊残留了一段，
我揭开敷在上面的包扎布，切除腐肉，将脓血清洗一遍；
伤员躺回到枕头上，歪着脖子，头偏向一边，
眼睛紧闭，脸色苍白，不敢把那血淋淋的残肢看，
一直都没有看一眼。

一个伤员伤的是腰，深深地伤在里边，
我为之包扎伤口，可过了没一两天，
就见他形销骨立，病情恶转，
脸色枯黄如蜡染。

有的肩膀被射穿，有的脚被子弹钻了眼，
伤口疼痛，成了化脓的坏疽，清理时让我恶心、讨厌，
助手侍立一边，提着桶，端着盘。

我忠于职守，没有退缩不前，
包扎骨折的大腿、膝盖以及腹部的伤患……
用的是一双无情的手，（但内心深处却燃烧着火焰，
一团熊熊的火焰。）

四

在梦境中默默追溯往事如烟，
我从战场返回医院，穿行于各医院之间，
用一双安抚的手为伤员提供安慰，
漆黑的夜晚整夜守在伤员身边——

有的那么年轻，有的经历了那么多的磨难，

回忆那段时光有苦也有甜，

（许多士兵温情地搂我的脖子，把胳膊放在上边，

许多士兵将爱的吻印在了这满是胡须的嘴唇上边。）

献给两位战士的挽歌

安息日暮色苍茫，
天上洒下最后一缕阳光，
轻轻地落在人行道上，
从此处眺望，
可见一座并头坟在前方。

瞧啊，月亮在升起，
一轮银白色的圆月在从东方升起，
悬挂在房顶上方十分美丽，
幽幽然，似灵异，
硕大、静寂。

我看到一支忧伤的队伍在行进，
我听到了军号浑圆的声音——
那声音充满了城里的大街小巷，
有人哀叹，有人泪湿衣裳。

我听见大鼓的声音隆隆响，

小鼓的咚咚声持续回响在耳旁，
每一声鼓都激烈震荡，
穿透我的胸腔。

这是为一对父子送葬，
（在激烈的进攻中他们一马当先，中弹倒在了地上，
久经沙场的父与子一道阵亡，
那座并头坟就是在等他们下葬。）

军号声越来越近，鼓声越加激昂，
阳光消失于人行道上，
只听见雄壮的阵亡进行曲在周围飘荡。

那个灵异一样的月亮悬在东边的天上，
大大的，泛着光，充满了忧伤，
（那是一位母亲发亮的脸庞，
挂在天上，显得愈加亮。）

啊，雄壮的阵亡进行曲，你让我荡气回肠！
啊，硕大的月亮，你银白色的脸庞减轻了我的哀伤！
啊，我的两位战友啊！啊，我的两位战友要去下葬！
我愿把我的一切给你们分享。

月亮给了你们月光，
军号和鼓给了你们悦耳的声响，
而我的心啊，我的士兵、我的战友，
我的心把爱给你们分享。

和解

这个词胜过所有的词语，像天空一样美丽，
美丽，是因为战争及一切杀戮终究会被彻底取缔，
“死亡”和“黑夜”两姐妹会再次用手轻轻地洗涤，
对这个肮脏的世界进行清洗；
我的敌人已经死去，
一个跟我一样神圣的人已经死去，
只见他脸色苍白，静静躺在棺材里；
我走上前去，
弯下腰，用嘴唇将棺材里的那张苍白的脸轻轻触及。

自由啊，请转过你的脸

自由啊，请转过你的脸，战争的硝烟已经消散，
从今往后一路向前，不再犹豫，坚决果敢，
把世界横扫个遍，
不怀旧伤感，不把过去的往事留恋，
不把过去的辉煌颂赞，
不为封建世界歌功颂德，不把君主的战功、奴隶制和等级制颂赞，
而是面对当前，面对即将来到的胜利场面，
将落后的旧世界抛到一边，
交给旧歌手颂赞——由他们颂赞往事如烟，
未来的战争却由你颂赞，
（瞧着吧，你对过去的战争习惯，
对未来的战争也会习惯；）
啊，自由啊，请你转过脸，不要忌惮，
请转过你那张永恒的脸，
去面向明天，面对比过去所有的时间都灿烂的明天——
它在为你铺路，紧锣密鼓、坚定果敢。

纪念林肯总统

院子里的紫丁香开得正旺

一

院子里的紫丁香开得正旺，
西方夜空中的那颗巨星却已陨亡，
我悲伤——年年春天来临都会让我悲伤。

年年春天，总有三种现象叫我挂肚牵肠——
一是年年盛开的紫丁香，
二是西方那颗巨星的陨亡，
三是对爱人的思念情长。

二

啊，西方那颗陨落的星星曾是多么的亮！
啊，夜的阴影是多么浓重！
啊，那个夜晚泪水飞、哀情浓！
啊，那颗巨星不见了踪影！

啊，一张黑幕遮住了那颗星！
啊，一双无情的手揪住了我，使我无法转动！
啊，我的灵魂孤苦伶仃！
啊，阴雾重重，将我的灵魂包裹在其中。

三

一座古老的农舍前有一个庭院，
院里有粉白的栅栏，
栅栏旁有一丛紫丁香，高高的，结着心形的叶片，绿艳艳，
花儿开满，争奇斗艳，散发出我喜欢的那种香甜，
每个叶片都是奇迹的展现；
就在这庭院里的花丛间——
花儿争奇斗艳，结着心形的叶片，绿艳艳，
我摘下了一个花枝，上面带着花瓣。

四

在沼泽的一个封闭的地方，
一只羞怯的鸟儿躲在那儿轻吟低唱。

这只画眉鸟独影孤芳，
远离尘嚣，像隐士一样躲在一个地方，
独自轻吟低唱。

把一支泣血的歌儿唱，

把一只生命的歌儿唱——它能规避死亡，
（亲爱的兄弟，我深知不把生命的歌儿唱，
就注定会死亡。）

五

在春天的怀抱里，行走在大地上和城市里，
经小路穿行于古老的树林里——
（前不久这儿有紫罗兰从地下伸出头窥探，
点缀于灰蒙蒙的枯枝烂叶间，）
走过道路两旁的绿草地——那绿草地一望无际，
经过穗儿金灿灿的麦地——但见深褐色的地里麦粒纷纷露出苞衣，
经过开着红白两色花的苹果园里，
众人抬着一具尸体，要把它放在墓穴里安息，
抬棺木的队伍走啊走，日夜不息。

六

棺木经过了大街小巷，
经过了白天，经过了夜晚，经过了乌云笼罩的地方，
旗帜卷起，分列路旁，黑纱将城市罩上，
各个州都一片悲伤，如披黑纱默哀的女人一样，
送葬的队伍蜿蜒而行，很长很长，
火光把黑夜照亮——
火把数也数不清，一张张的脸和光着的头汇成了寂静无声的海洋，
墓地在等待，棺木前来下葬，到处是悲哀的脸膛，

成千上万个声音庄严、雄壮，彻夜将挽歌齐唱，
那悲壮的歌声在棺木四周回荡，
教堂灯光昏暗，风琴发出颤抖的声响——
而你就是在这之间走向前方，
耳边钟声悠扬——当当当，当当当，
你啊，棺木，你缓缓走向前方，
容我献给你一簇紫丁香。

七

（不是献给别人，只献给你一人，
所有的鲜花绿枝都献给棺木里的人，
你像早晨的空气一样清新，
我把赞歌唱给你一人——
啊，圣而贤的亡人。

玫瑰花一束束多似海洋，
啊，亡者啊，我把玫瑰花和早开的百合花覆盖在你身上，
但最多的还是百合花——它们首先开放，
我连枝带叶从花丛采来大量百合，怀里抱得满满当当，
在这儿撒在你身上，
亡者啊，撒在你身上和棺木上。）

八

啊，西方的巨星巡游于天空，

我现在才明白你那时[1]的心情——

一个月前，四周一片寂静，

头顶上是透明澄清、影影绰绰的夜空，

我抬头见你俯身像是要告诉我什么事情，

一夜又一夜不停；

你从高空弯下腰，弯得很低很低，像是要和我并行，

（其他的星星在一旁注视着这情景，）

你我一起徘徊于庄严的夜幕中，

（不知道是什么东西老把我从梦中惊醒；）

当夜深人静，我在西边天际看到了你的身影，

像是十分悲痛，

看见你掠过天空，下沉，消失在漆黑的夜色之中，

我的灵魂也下沉，充满了忧患和悲情，

就像你的那颗悲哀的星，

结束行程，坠落夜空，不见了踪影。

九

你就在沼泽里放声歌唱吧，

啊，害羞、腼腆的歌手，我听见了你的歌声，

听见了你的呼唤之声，

我听见了，我马上就来，我理解你的心情，

但我只能停留很短的时间，因为叫我牵肠挂肚的是那颗明亮的星——

那颗星是我的朋友，它在牵动着我的情。

---

① 此处指林肯遇刺前的一个月。

十

啊，为了那个我所热爱的亡者，怎样才能唱出我的情？
为了那个逝去的可爱的灵魂，我该怎样献出美好的歌声？
我该把怎样的芬芳献给那座牵动我热爱之心的坟茔？

东方和西方刮来海风——
从东海刮来的风和西海刮来的风，
在大草原上相逢，
我就用这些风和我的歌颂，
作为芬芳献给那座牵动我热爱之心的坟茔。

十一

啊，我该把什么样的东西挂在灵堂的墙壁上？
我该用怎样的图画装点那儿面墙，
使我所爱的人的灵堂熠熠生光？

图画里应该有融融春日、房舍和农庄，
有四月黄昏时分的夕阳，
有氤氲的烟霞——澄清、明亮，
有西沉的太阳射出的万道金光——
那太阳熊熊燃烧，在空中扩张，壮丽，懒洋洋，
芳草没过脚腕，树木郁郁葱葱，淡绿的叶片挂在树上，
远方河水静静地流淌，风儿在这儿吹动一些波在那儿掀起一点浪，
两岸群山连绵，形成许多条线和影映衬天空，

附近城市里有密布的住房和林立的烟囱，
有一幕幕生活和劳动的场景，有下班的工人返回家中。

十二

看啊，肉体和灵魂，看一看这地方！
我的曼哈顿有闪着亮光的湍急河流，有轮船和尖顶教堂；
这是一块丰富多彩、广袤的地方——
南方和北方沐浴着阳光，
还有俄亥俄的海岸以及密苏里的水乡，
广阔无际的大草原上到处是青草和谷粮。

看啊，无比美丽的太阳是那样平静和安详，
早晨和风煦煦，泛着蓝蓝的、紫紫的光，
晨光无限——轻轻的、柔柔的光，
正午的阳光充裕、奇妙，普洒在万物之上，
随后而来的是美丽的傍晚、宜人的夜色及星光——
城市上空星光灿烂，照耀在人身上和大地上。

十三

唱吧，唱吧，你这只灰褐色的小鸟，
让你的歌声飞出沼泽的深处，飞出灌木丛，
让它飞出无边无际的暮色，飞出杉树和松树林中。

唱吧，最亲爱的弟兄，唱响你的歌声，

用你那极其悲伤的嗓音唱一支人类的歌——大声!

啊，你的歌自如、奔放、温情!
啊，它让我的灵魂摆脱束缚，为之狂放!
啊，那歌手叫人感情激荡!
我只愿听你歌唱，但是那颗巨星却令我挂肚牵肠，
(它很快就要陨落天上，)
叫我留恋的还有紫丁香散发出的令人陶醉的芬芳。

十四

日间，我向远方眺望，
看日尽时的暮色里和田野的春光中，农夫在为稼穑忙碌的身影；
我的家乡湖泊纵横、森林茂密，汇成广阔的美景，
天空也美景纷呈，
(这是狂风暴雨过后的美景，)
午后的时光步履匆匆，天穹下响起妇女儿童的说话声，
大海波涛汹涌，看得见轮船在航行，
丰饶的夏天在姗姗而至，田间一片繁忙的情景，
千家万户忙于过小日子，忙于衣食住行，
街道喧嚷沸腾，城市凝结着激情；
看啊，就在这时，出现了乌云的阴影——
长长的、黑黑的阴影，
投在万物之上，罩住了我和一切美景——
我知道那是死亡的阴影，
知道了它的含义——神圣!

我冲上前，冲进包藏一切的夜幕中——
融融的夜接纳了我，默默无声；
我来到水边，在朦胧中沿着沼泽旁的小径前行，
走向杉树和松树林——杉树庄严肃穆、绰绰影影，
而松树似幽灵，十分宁静。

那位歌手对其他人害羞，对我却热情——
那只我所熟悉的灰褐色的鸟待我以热情，
唱了一首死亡赞歌，是对我敬爱的那个人献出的歌声。

鸟儿的赞歌飞出沼泽深处那块封闭的地方，
从香气馥郁的杉树林传扬，
从幽灵般的宁静的松树林传扬。

歌声之美令我心迷神荡
使我的灵魂不由跟小鸟合唱：

来吧，可爱的死亡，能使人平静下来的死亡，
你行走于世界的四方，来得安详，
每个人都一样，
或白天或夜晚迟早都会走向死亡。

我们把茫茫无际的宇宙赞扬，
把生命和欢乐赞扬，把万物和新奇的知识赞扬，
把爱情，把温馨的爱赞扬；
赞扬！赞扬！赞扬！

赞扬死神那坚定、冷静的臂膀!

黑暗母亲[1]脚步轻轻，潜行在近旁——
难道没有人热情欢迎，为你把歌唱?
那我就为你歌唱，
赞扬你，赞扬你至高无上，
为你献上一首欢迎的歌——
你可一定要来，不要彷徨!

拯救者啊，你是多么强壮，
当你将亡者带走，我欢欣地为他们歌唱——
他们没于你那爱的海洋，
在你那欢乐的溪水里涤荡；啊，死亡!

为了你，我唱起欢快的小夜曲，
翩翩起舞向你致意，
为你张灯结彩、大摆筵席——
开阔的风景和广袤的高空正相宜，
还有浩瀚、深沉的夜，以及生命和大地。

繁星下的夜是那样静寂，
海岸旁可听见海浪沙哑的声响——那声音我熟悉；
我的灵魂转向你，
啊，死亡，你浩渺，却又隐秘，

① “黑暗”喻指死亡；“母亲”能孕育生命，此处喻指永生。

我的肉体满怀感激，紧紧依偎你。

我的歌声掠过树梢向你飞去，
还掠过起伏的海浪、无数块田野和开阔的草地，
掠过人口稠密的城市、熙攘的码头和大道通衢——
啊，死亡，我怀着欢乐之情把这首赞歌献给你！

十五

跟我的灵魂节拍一样，
那只灰褐色的鸟儿放声歌唱——歌声响亮，
那清越、悠扬的歌声在夜空中回荡。

鸟儿的歌在昏暗的松树和杉树林里传扬，
空气清新、湿润，沼泽飘香，耳畔响起清晰的歌唱，
我和伙伴在夜色里欣赏。

原本封闭的视野豁然开朗，
看见了一长串画卷般的景象。

我看见了军队，像是在没有声响的梦乡，
看见数百面战旗在飘扬，
飘扬于战火的硝烟之中，被子弹射得百孔千疮，
冒着枪林弹雨前进，染着血，被炮火撕得变了样，
最后旗杆上只剩下了几片碎布在飘扬，
（寂静笼罩了战场，）

旗杆也断裂成了一副惨样。

我见了堆积如山的阵亡者的尸体，
看见青年们的白骨遍地，
看见了死于战火中的士兵们的残肢断体，
不过眼睛所见与以前心里所想的有异——
他们没有痛苦，已经彻底安息，
痛苦的是活下来的人，是母亲和妻子儿女，
是怀念他们的战友，剩下来的部队也为他们痛惜。

十六

消失了，那夜晚，消失了，那一幕幕场景，
消失了，那只隐居鸟儿的歌声，
消失了，我的灵魂与之合唱的歌声——
那是胜利的歌声，死亡的歌声，
是丰富多彩、千变万化的歌声，
低沉、悲哀，音符清晰，一起一伏，夜间四处响起那歌声，
有时凄婉、哀弱，让人心痛，忽然一跃而变成了欢乐的歌声，
覆盖大地，传播于苍穹；
那天夜里听了沼泽深处传来的响亮歌声，
我返回家中——
叶片呈心形的百合花呀，我要把你留在庭院中，
让你逢春便开花繁荣。

我将终止为你歌唱，

不再眺望西方，
不再面朝西方跟你交流思想，
啊，夜间的伙伴啊——银盘脸闪闪发亮。

但我要将一切都珍藏，留下夜里那一幕幕景象——
留下灰褐色鸟儿美妙的歌声，留下我灵魂的合唱及回响，
不忘那颗亮晶晶的巨星，弯着腰，满脸的悲情。

啊，船长！我的船长！

啊，船长！我的船长！可怕的航程已经告终，
轮船挺过了每一场狂雨暴风，金奖已稳赢，
港口就在眼前，我听见钟声在鸣，
狂热的人群前来欢迎，
万众的眼睛都盯着缓缓进港的轮船——它勇敢、坚定。

可是，心痛！心痛！心痛！
啊，那流淌的鲜血殷红殷红！
我的船长躺在甲板上一动不动，
停止了呼吸，浑身冰冷。

啊，船长！我的船长！
请你站起来听听那钟声在响！
站起来吧，旗帜在为你飘扬，
为你，号声嘹亮，
为你，把花束、彩带和花环献上，
为你，人头攒动于海岸上，
为你，人群在欢呼，在沸腾，在转动殷切的脸庞；

亲爱的父亲啊，我的船长！
你的头就枕在我的胳膊上！
这真是噩梦一场——
你躺在甲板上，停止了呼吸，浑身冰凉。

我的船长不回答我的呼声，他的嘴唇苍白，一动不动，
我的父亲感觉不到我的胳膊，他的脉搏已不再跳动，
轮船已安全抛锚，航程已经告终；
轮船结束了可怕的航程，凯旋，金奖稳赢——
欢呼吧，海岸，敲响吧，钟声！
但我心情哀痛，步履沉重——
我的船长躺在甲板上，停止了呼吸，浑身冰冷。

今日军营一片寂静

今日军营一片寂静；
战友们，让我们把黑纱蒙上久经战火的炮筒——
每一个人都心情沉痛，
怀着追思之情悼念我们敬爱的司令。

对他而言，人生再没有暴风骤雨般的斗争，
再也不用管失败还是取胜，
不用管是否有阴暗的事件发生——
那事件会像汹涌的乌云袭来遮盖住天空。

但诗人啊，请以我们的名义把他歌颂，
说一说我们对他的敬爱之情——
你住在军营，了解我们的真情。

当棺木放入坟茔，
请你把他歌颂；
当他们封闭坟茔，
请你把他歌颂，
献上一首颂歌，表达战士们沉重的心情。

离别之歌

日落时分的歌

日尽时分彩霞满天，荡漾在我的心房，
预示未来，也呈现出昔日的景象，
容我放声歌唱吧，是你叫大地和人生洒满了神圣的光——
我要为这最后一片光霞把赞歌献上。

我的灵魂张开口吐出的是欢愉，
我的灵魂睁开眼看到的是美丽，
我的心底真诚地把颂歌唱起，
永远地歌颂胜利。

所有的一切都在闪闪发亮！
我们称之为天空的地方在闪闪发亮——
那儿是无数精灵生活的地方；
所有生灵，甚至包括最微小的昆虫，其神秘的运动都会产生亮光；
演讲会闪闪发亮，
五官和肉体也会熠熠发亮，
西天新月上折射的微光亦闪闪发亮——
我所见所闻所接触的一切都始终闪闪发亮。

世间万般皆好——
生灵满足和自信，这很好，
年年四季轮回，这很好，
青春充满了欢乐，这很好，
壮年精力充沛，这很好，
老年壮丽、精致，这很好，
对魂归天堂有美好的的期待，这很好。

离别，怀着愉快的心情！
身处此地，怀着愉快的心情！
让纯真的血液奔涌，怀着愉快的心情！
呼吸甜蜜的空气，怀着愉快的心情！
说话，走路，用手取物，怀着愉快的心情！
准备睡觉，上床，看着自己红润的肉体，怀着愉快的心情！
意识到自己的身体，感到满足和自豪，怀着愉快的心情！
觉得自己就是伟大得让人不可思议的上帝，怀着愉快的心情！
到其他的“上帝”中间去——
那些我所爱的男和女，怀着愉快的心情！

我放歌把你们和我自己颂赞，
一颗心微妙地体验着周围的景观，
白云无声无息掠过蓝天，
地球不停地在转，
日月星辰滚滚向前，
流水在游戏和歌唱，如有生命一般，
大树挺拔、屹立，有着青枝绿叶以及粗壮的树干——

这一切妙不可言！

啊，万物美好无限！
啊，精神寓于万物之间！
啊，妙音袅袅，穿越岁月和地缘，
来到我身边，来到美利坚！
我听着那宏伟的音律，将它传播，愉快地推它向前。

我还将太阳颂赞——不管它是初升、高挂中天，
还是像现在这样落山；
我的心在颤，赞叹大地的智慧和美丽景观，
赞叹大地的河山；
我感觉到自己对自己发出了不可抗拒的呼唤。

我在密西西比河上行船，徜徉于大草原；
我活在人世间，从心灵的窗口把周围观看，
清晨漫步向前，看到东方曙光初现，
在东海滩上洗过海水澡，又到西海滩，
或者在内陆城市芝加哥的街道上游览；
不管去什么样的街上游玩，
不管去哪座城市、哪一片寂静的林间，
甚至目睹战争场面——
无论身处何方，我都意足心满。

我要始终把平等权颂赞，
不管它是过去的平等权还是现在的平等权；

我要把万物颂赞，哪怕海枯石烂，
颂赞永恒的光荣，永恒的大自然；
我用至诚的声音颂赞，
因为我看不到宇宙有污点，
看不到宇宙间有可悲的现象或结果出现。

啊，太阳在落山！
太阳啊，虽天色已晚，
不管别人怎样，我仍然把你颂赞——
我对你的崇敬永不消减。

绿色军营

白人弟兄，亲密的战友，扎下了一座座营盘；
一声令下阔步向前，
长途行军后双脚疼痛，浑身疲倦，
天光暗淡时，我们停下来宿营度夜晚；
一些人由于负枪背包已经累瘫，
倒头就睡在了路当间，
有些则架起小帐篷，点燃的篝火烁烁闪闪；
黑暗中布了岗哨，四周有了这警惕的眼，
口令部署好，为的是保障安全；
天破晓，军鼓响起，传来响亮的鼓点，
我们精神抖擞起床，结束了夜晚和睡眠，
又踏上了征途，准备作战。

啊，瞧瞧这绿色的营盘！
和平时期它是满员，战争时期也是满员；
这是一支神秘的军队，(是否一声令下就开赴前线?
是否停下来宿营度夜晚，直至结束夜晚和睡眠？)

这些绿色的军营星罗棋布于世间，
于父母、儿女、夫妻的心间，
于年轻人和老年人的心间——
于阳光下和月光下睡眠，
宁静，安闲；
你看看那壮观的宿营地，看看那整装待命的营盘，
它属于将军和军团——而总统指挥着将军和军团；
战士们啊，你我每个人都在作战，
部队里的每个人都在作战，
（我们无怨无悔相逢于前线。）

战士们啊，咱们马上就会宿营，宿营于自己的营盘，
只是没必要布置岗哨，没必要把口令传，
早晨也没必要敲响鼓点。

再 见！

作为结局，我要宣布以后会有什么现象出现。

记得我的“草叶”未萌生之前，
我曾说将会用欢快和强烈的声音高歌，让颂歌圆满。

美利坚实现诺言，
各个州有千百万优秀儿女涌现，
其他人为优秀儿女让路，并做出贡献，
出类拔萃的母亲的风貌代表美利坚——
只有这时才会有花好月圆。

我已尽自己的力量奋力向前，
歌颂精神和肉体，将战争与和平颂赞，
将生与死颂赞——
写生的颂歌，写生命多如繁星点点。

我向所有的人献出我的诗篇，
一路走来，迈着自信的步点，

带着欢乐的心情末了悄悄说一声“再见”，
最后一次握握年轻姑娘的手，将小伙子的手牵一牵。

我宣布会有热爱自然的人涌现，
我宣布正义稳操胜券，
我宣布自由和平等无可置辩，
我宣布做人应该自尊自爱、坦坦荡荡。

我宣布各个州必须抱成一个团，
我宣布联邦越来越团结，不容解散，
我宣布这辉煌和壮观使天下以前的政治成为无稽之谈。

我宣布坚持团结——它无边无垠，绝不会松散，
你一定会发现自己四处寻找的朋友就在身边！